GRöLS Verlage

„BÜCHER SIND WIE FALLSCHIRME. SIE NÜTZEN UNS NICHTS, WENN WIR SIE NICHT ÖFFNEN.“

**Gröls Verlag**

## Redaktionelle Hinweise und Impressum

Das vorliegende Werk wurde zugunsten der Authentizität sehr zurückhaltend bearbeitet. So wurden etwa ursprüngliche Rechtschreibfehler *nicht* systematisch behoben, denn kleine Unvollkommenheiten machen das Buch – wie im Übrigen den Menschen – erst authentisch. Mitunter wurden jedoch zum Beispiel Absätze behutsam neu getrennt, um den Lesefluss zu erleichtern.

Um die Texte zu rekonstruieren, werden antiquarische Bücher von Lesegeräten gescannt und dann durch eine Software lesbar gemacht. Der so entstandene Text wird von Menschen gegengelesen und korrigiert – hierbei treten auch Fehler auf. Wenn Sie ebenfalls antiquarische Texte einreichen möchten, finden Sie weitere Informationen auf www.groels.de

Viel Freude bei der Lektüre wünscht Ihnen das Team des Gröls-Verlags.

**Adressen**

Verleger: Sophia Gröls, Im Borngrund 26, 61440 Oberursel

Externer Dienstleister für Distribution & Herstellung: BoD, In de Tarpen 42, 22848 Norderstedt

**Unsere „Edition | Werke der Weltliteratur“** hat den Anspruch, eine der größten und vollständigsten Sammlungen klassischer Literatur in deutscher Sprache zu sein. Nach und nach versammeln wir hier nicht nur die „üblichen Verdächtigen“ von Goethe bis Schiller, sondern auch Kleinode der vergangenen Jahrhunderte, die – zu Unrecht – drohen, in Vergessenheit zu geraten. Wir kultivieren und kuratieren damit einen der wertvollsten Bereiche der abendländischen Kultur. Kleine Auswahl:

**Francis Bacon** • Neues Organon • **Balzac** • Glanz und Elend der Kurtisanen • **Joachim H. Campe** • Robinson der Jüngere • **Dante Alighieri** • Die Göttliche Komödie • **Daniel Defoe** • Robinson Crusoe • **Charles Dickens** • Oliver Twist • **Denis Diderot** • Jacques der Fatalist • **Fjodor Dostojewski** • Schuld und Sühne • **Arthur Conan Doyle** • Der Hund von Baskerville • **Marie von Ebner-Eschenbach** • Das Gemeindekind • **Elisabeth von Österreich** • Das Poetische Tagebuch • **Friedrich Engels** • Die Lage der arbeitenden Klasse • **Ludwig Feuerbach** • Das Wesen des Christentums • **Johann G. Fichte** • Reden an die deutsche Nation • **Fitzgerald** • Zärtlich ist die Nacht • **Flaubert** • Madame Bovary • **Gorch Fock** • Seefahrt ist not! • **Theodor Fontane** • Effi Briest • **Robert Musil** • Über die Dummheit • **Edgar Wallace** • Der Frosch mit der Maske • **Jakob Wassermann** • Der Fall Maurizius • **Oscar Wilde** • Das Bildnis des Dorian Grey • **Émile Zola** • Germinal • **Stefan Zweig** • Schachnovelle • **Hugo von Hofmannsthal** • Der Tor und der Tod • **Anton Tschechow** • Ein Heiratsantrag • **Arthur Schnitzler** • Reigen • **Friedrich Schiller** • Kabale und Liebe • **Nicolo Machiavelli** • Der Fürst • **Gotthold E. Lessing** • Nathan der Weise • **Augustinus** • Die Bekenntnisse des heiligen Augustinus • **Marcus Aurelius** • Selbstbetrachtungen • **Charles Baudelaire** • Die Blumen des Bösen • **Harriett Stowe** • Onkel Toms Hütte • **Walter Benjamin** • Deutsche Menschen • **Hugo Bettauer** • Die Stadt ohne Juden • **Lewis Caroll** • *und viele mehr….*

# Adalbert Stifter

# Der Hagestolz

## Inhalt

## 1. Gegenbild

Auf einem schönen grünen Plaze, der bergan steigt, wo Bäume stehen und Nachtigallen schlagen, gingen mehrere Jünglinge in dem Brausen und Schäumen ihres jungen kaum erst beginnenden Lebens. Eine glänzende Landschaft war rings um sie geworfen. Wolkenschatten flogen, und unten in der Ebene blickten die Thürme und Häuserlasten einer großen Stadt.

Einer von ihnen rief die Worte: „Es ist nun für alle Ewigkeit ganz gewiß, daß ich nie heirathen werde."

Es war ein schlanker Jüngling mit sanften schmachtenden Augen, der dieses gesagt hatte. Die andern achteten nicht sonderlich darauf, mehrere lachten, knikten Zweige, bewarfen sich und schritten weiter.

„Ha, wer wird denn heirathen," sagte einer, „die lächerlichen Bande eines Weibes tragen, und wie der Vogel auf den Stangen eines Käfiches sizen?"

„Ja, du Narr, aber tanzen, verliebt sein, sich schämen, roth werden, gelt?" rief ein Dritter, und es erschallte wieder Gelächter.

„Dich nähme ohnehin keine."

„Dich auch nicht."

„Was liegt daran?"

Die nächsten Worte waren nicht mehr verständlich. Es kam noch durch die Stämme der Bäume ein lustiges Rufen zurück und dann nichts mehr; denn die Jünglinge gingen bereits auf der schiefen Fläche, die sich von dem Plaze weg zieht, empor und sezten die Gebüsche der Fläche in Bewegung. Rüstig schritten sie in der funkelnden Sonne hinan, rings um sind grünende Zweige, und auf ihren Wangen und in ihren Augen leuchtet die ganze unerschütterliche Zuversicht in die Welt. Um sie herum liegt der Frühling, der eben so unerfahren und zuversichtlich ist, wie sie.

Der Jüngling, aus dessen Munde der Entschluß der Nichtvermählung hervor gegangen war, hatte in der Sache nichts mehr gesprochen und sie war vergessen.

Ein neues Geplauder und ein fröhliches Sprechen tanzte von den beweglichen Zungen. Sie redeten zuerst von allem und oft alle zugleich. Dann reden sie von dem Höchsten, dann von dem Tiefsten und haben beides schnell erschöpft. Dann kommt der Staat. Es wird in ihm die unendlichste Freiheit vorgeschlagen, die größte Gerechtigkeit und unbeschränkteste Duldsamkeit. Wer gegen dieses ist, wird niedergeworfen und besiegt. Der Landesfeind muß zerschmettert werden, und von dem Haupte der Helden leuchtet dann der Ruhm. Während sie so, wie sie meinten, von dem Großen redeten, geschieht um sie her, wie sie ebenfalls meinten, nur das Kleine: es grünen weithin die Büsche, es keimt die brütende Erde und beginnt mit ihren ersten Frühlingsthierchen, wie mit Juwelen zu spielen.

Hierauf singen sie ein Lied, dann jagen sie sich, stoßen sich gegenseitig in den Hohlweg oder ins Gebüsch, schneiden Ruthen und Stäbe, und kommen dabei immer höher auf den Berg und über die Wohnungen der Menschen.

Wir müssen hier bemerken: welch ein räthselhaftes, unbeschreibliches, geheimnißreiches, lokendes Ding ist die Zukunft, wenn wir noch nicht in ihr sind – wie schnell und unbegriffen rauscht sie als Gegenwart davon – und wie klar, verbraucht und wesenlos liegt sie dann als Vergangenheit da! Alle diese Jünglinge stürmen schon in sie hinein, als könnten sie dieselbe gar nicht erwarten. Der eine prahlt mit Dingen und Genüssen, die über seine Jahre gehen, der andere thut langweilig, als hätte er schon alles erschöpft, und der dritte redet Worte, die er bei seinem Vater Männer und Greise hatte reden gehört. Dann haschen sie nach einem vorüberflatternden Schmetterlinge und finden auf dem Wege einen bunten Stein.

Immer höher streben sie hinauf. Oben an dem Waldesrande schauen sie auf die Stadt zurück. Sie sehen allerlei Häuser und Gebäude, und wetten, ob sie es sind oder nicht. Dann dringen sie in die Schatten der Buchen hinein.

Der Wald geht fast mit ebenem Boden dahin. Jenseits desselben aber steigen glänzende Wiesen mit einzelnen Fruchtbäumen besezt in ein Thal hinab, das still und heimlich um die Bergeswölbungen läuft, und von diesen Bergen zwei spiegelhelle dahinschießende Bäche empfängt. Die Wasser rieseln lustig über die geglätteten Kiesel, an dichten Obstwäldern, Gartenplanken und Häusern vorbei, und von dort wieder in die Weinberge hinaus. Alles dieses ist so stille, daß man in mancher klaren Nachmittagsluft weithin den Hahn krähen hört, oder den einzelnen Glockenschlag vernimmt, der von dem Thurme der Kirche fällt. Selten besucht ein Städter das Thal, und noch keiner hat in demselben seine Sommerwohnung aufgeschlagen.

Unsere Freunde aber laufen mehr, als sie gehen, über die Wiese in die sanft geschwungene Wiege hinab. Lärmend kommen sie an den Gartengehegen herunter, schreiten über den ersten Steg, über den zweiten, gehen dem Wasser entlang, und dringen endlich in einen Garten hinein, der von Flieder, Nußbäumen und Linden strozt. Es ist der Garten eines Gasthauses. Hier umringen sie einen der Tische, wie sie mit den Füssen in dem Grase steken, aufgenagelte Platten haben und auf den Platten eingeschnittene Herzen und Namen von denen zeigen, die vorlängst an dem Tische gesessen waren. Sie bestellten sich ein Mittagsessen, und zwar ein jeder dasjenige, was er wollte. Als sie es verzehrt hatten, spielten sie eine Weile mit einem Pudel, der sich in dem Garten vorfand, zahlten und gingen dann fort. Sie gingen durch die Mündung des Thales in ein anderes breiteres hinaus, in welchem ein Strom fließt. An dem Strome nahmen sie ein angebundenes Schiffchen und fuhren an einer bekannt gefährlichen Stelle über, ohne daß sie es wußten. Zufällig vorübergehende Frauen erschraken sehr, als sie die jungen Leute da fahren sahen. Jenseits des Stromes dingten sie einen Mann, der den Kahn wieder zurückführen und an der Stelle anbinden sollte, wo sie ihn genommen hatten.

Dann drangen sie durch Röhrichte und Auen vor, bis sie zu einem Damme gelangten, auf dem eine Straße lief und ein Wirthshaus stand. Bei dem Wirthe mietheten sie einen offenen Wagen, um nun jenseits des Stromes in die Stadt zurück zu fahren. Sie flogen an Auen, Gebüschen, Feldern, Anlagen, Gärten und Häusern vorbei, bis sie die ersten Gebäude der Vorstädte erreichten und abstiegen. Als sie ankamen, lag die Sonne, die sie heute so freundlich den ganzen Tag begleitet hatte, weit draußen am Himmel als glühende erlöschende Kugel. Da sie untergesunken war, sahen die Freunde die Berge, auf welchen sie heute ihre Morgenfreuden genossen hatten, als einfaches blaues Band gegen den gelben Abendhimmel empor stehen.

Sie gingen nun gegen die Stadt und deren staubige bereits dämmernde Gassen. An einem bestimmten Plaze trennten sie sich, und riefen einander fröhlichen Abschied zu.

„Lebe wohl,“ sagte der eine.

„Lebe wohl,“ antwortete der andere.

„Gute Nacht, grüsse mir Rosina.“

„Gute Nacht, grüsse morgen den August und Theobald.“

„Und du den Karl und Lothar.“

Es kamen noch mehrere Namen; denn die Jugend hat viele Freunde, und es werben sich täglich neue an. Sie gingen auseinander. Zwei derselben schlugen den nehmlichen Weg ein, und es sagte der eine zu dem andern: „Nun, Victor, kannst du die Nacht bei mir bleiben, und morgen gehst du hinaus, sobald du nur willst. Ist es auch wirklich wahr, daß du gar nicht heirathen willst?“

„Ich muß dir nur sagen,“ antwortete der Angeredete, „daß ich wirklich ganz und gar nicht heirathen werde, und daß ich sehr unglücklich bin.“

Aber die Augen waren so klar, da er dieses sagte, und die Lippen so frisch, da der Hauch der Worte über sie ging.

Die zwei Freunde schritten noch eine Streke in der Gasse entlang, dann traten sie in ein wohlbekanntes Haus und gingen über zwei Treppen hinauf an Zimmern vorbei, die mit Menschen und Lichtern angefüllt waren. Sie gelangten in eine einsame Stube.

„So, Victor," sagte der eine, „da habe ich dir neben dem meinen ein Bett herrichten lassen, daß du eine gute Nacht hast, die Schwester Rosina wird uns Speisen herauf schiken, wir bleiben hier und sind fröhlich. Das war ein himmlischer Tag, und ich mag sein Ende gar nicht mehr unten bei den Leuten zubringen. Ich habe es der Mutter schon gesagt; ist es recht so, Victor?"

„Freilich," entgegnete dieser, „es ist bei dem Tische deines Vaters so langweilig, wenn zwischen den Speisen so viele Zeit vergeht und er dabei so viele Lehren gibt. Aber morgen, Ferdinand, ist es nicht anders, ich muß mit Tagesanbruch fort."

„Du kannst, sobald du willst," antwortete Ferdinand, „du weißt, daß der Hausschlüssel innen in der Thornische liegt."

Während dieses Gespräches begannen sie sich zu entkleiden und sich der lästigen, staubigen Stiefel zu entledigen. Ein Stük der Kleider ward hierhin, das andere dorthin gelegt. Ein Diener brachte Lichter, und eine Magd ein Speisebrett mit reichlicher Nahrung versehen. Sie aßen schnell und ohne Auswahl. Dann schauten sie bald bei dem einen bald bei dem andern Fenster hinaus, gingen in dem Zimmer herum, besahen die Geschenke, die Ferdinand erst gestern bekommen hatte, zählten die rothen Abendwolken, kleideten sich vollends aus und legten sich auf ihre Betten. In denselben redeten sie noch fort; aber ehe einige Minuten vergingen, war keiner mehr mächtig weder zu reden noch zu denken; denn sie lagen beide in tiefem Schlafe.

Das Nehmliche mochte auch mit den andern sein, welchen dieselbe Lust mit ihnen heute zu Theile geworden war. – –

Während die Jünglinge diesen Tag so gefeiert hatten, war auf einer anderen Stelle etwas anderes gewesen: Ein Greis hatte den Tag damit zugebracht, daß er im Sonnenscheine auf der Bank vor seinem Hause gesessen war. Weit von dem grünen Baumplaze, wo die Nachtigallen geschlagen und die Jünglinge so fröhlich gelacht hatten, lag hinter den glänzenden blauen Bergen, die die Aussicht des Plazes besäumten, eine Insel mit dem Hause. Der Greis saß an dem Hause und zitterte vor dem Sterben. Man hätte ihn vorher schon viele Jahre können sizen sehen, wenn er überhaupt gerne Augen zugelassen hätte, ihn zu sehen. Weil er kein Weib gehabt hatte, saß an dem Tage keine alte Gefährtin neben ihm auf der Bank, so wie an allen Orten, wo er vor der Erwerbung des Inselhauses gewesen sein mag, nie eine Gattin bei ihm war. Er hatte nie Kinder gehabt und nie eine Qual oder Freude an Kindern erlebt, es trat daher keines in den Schatten, den er von der Bank auf den Sand warf. In dem Hause war es sehr schweigsam, und wenn er zufällig hinein ging, schloß er die Thür selbst, und wenn er herausging, öffnete er sie wieder selbst. Während die Jünglinge auf ihrem Berge emporgestrebt waren, und ein wimmelndes Leben und dichte Freude sie umgab, war er auf seiner Bank gesessen, hatte auf die an Stäbe gebundenen Frühlingsblumen geschaut, und die leere Luft und der vergebliche Sonnenschein hatten um ihn gespielt. Als die Jünglinge nach Vollbringung des Tages auf ihr Lager gesunken und in Schlummer verfallen waren, lag er auch in seinem Bette, das in einer wohlverwahrten Stube stand, und drückte die Augen zu, damit er schlafe. –

Die nehmliche Nacht ging mit dem kühlen Mantel aller ihrer Sterne gleichgültig herauf, ob junge Herzen sich des entschwundenen Tages gefreut und nie an einen Tod gedacht hatten, als wenn es keinen gäbe – oder ob ein altes sich vor gewaltthätiger Verkürzung seines Lebens fürchtete und doch schon wieder dem Ende desselben um einen Tag näher war.

## 2. Eintracht

Als das erste blasse Licht des andern Tages leuchtete, ging Victor schon in den noch öden Gassen der Stadt dahin, daß seine Tritte hallten. Es war anfänglich noch kein Mensch zu erbliken; dann begegnete ihm manche verdrießliche, verschlafene Gestalt, die zu früher Arbeit mußte; und ein beginnendes fernes Wagenrasseln zeigte, daß man schon anfange, Lebensmittel in die große bedürfende Stadt zu führen. Er strebte dem Stadtthore zu. Außer demselben wurde er von dem kühlen, feuchten Grün der Felder empfangen. Der erste Sonnenrand zeigte sich am Erdsaume, und die Spizen der nassen Gräser hatten rothes und grünes Feuer. Die Lerchen wirbelten freudig in der Luft, während die nahe Stadt, die doch sonst so lärmte, fast noch völlig stumm war.

Als er sich außer den Mauern fühlte, schlug er sogleich einen Weg durch die Felder gegen jenen grünen Baumplaz ein, von welchem wir sagten, daß gestern dort die Nachtigallen geschlagen und die Jünglinge gescherzt hatten. Er erreichte ihn nach einer nicht ganz zweistündigen Wanderung. Von da machte er den nehmlichen Weg, wie gestern mit den Freunden. Er stieg die schiefe Berglehne mit den Gebüschen hinan, er kam an den Rand des Waldes, sah sich da nicht um, drang unter die Bäume ein, eilte fort, und stieg dann über die Wiese mit den Fruchtbäumen in das Thal hinab, von dem wir sagten, daß es so stille ist, und daß in demselben die zwei spiegelnden Bäche rinnen.

Als er in dem Grunde des Thales angekommen war, ging er über den ersten Steg, nur daß er heute, gleichsam wie zu einer Begrüßung, ein wenig auf die glänzenden Kiesel hinab sah, über welche das Wasser dahin rollte. Dann ging er über den zweiten Steg, und ging an dem Wasser dahin. Aber er ging heute nicht bis zu dem Gasthausgarten, in welchem sie gestern gegessen hatten, sondern viel früher bog er an einer Stelle, wo ein großer Fliederbusch stand, der seine Aeste und Wurzeln mit dem Wasser spielen ließ, von dem Wege ab, und ging in den Flieder und das Gebüsche hinein. Dort war eine aschgraue Gartenplanke, die ihre Farbe von den unzähligen Regen und Sonnenstrahlen erhalten hatte, und in der Planke war ein kleines Thürchen. Das Thürchen öffnete Victor und ging hinein. Es war wie ein Gartenplaz hier, und etwas ferner auf dem Plaze blikte die lange weiße Wand eines niederen Hauses, sich sanft von Hollundergesträuchen und Obstbäumen abhebend, herüber. Das Haus hatte glänzende Fenster, und hinter denselben hingen ruhige weiße Vorhänge nieder.

Victor ging an dem Gebüschrande gegen die Wohnung zu. Als er auf den freien Sandplaz vor dem Hause gekommen war, auf dem der Brunnen stand und ein bejahrter Apfelbaum war, an den sich wieder Stangen und allerlei andere Dinge lehnten, wurde er von einem alten Spiz angewedelt und begrüßt. Die Hühner, ebenfalls freundliche Umwohner des Hauses, scharrten unter dem Apfelbaume unbeirrt fort. Er ging in das Haus hinein, und über den knisternden Flursand in die Stube, aus welcher ein reiner gebohnter Fußboden heraus sah.

In der Stube war blos eine alte Frau, die gerade ein Fenster geöffnet hatte, und damit beschäftigt war, von den weißgescheuerten Tischen, Stühlen und Schreinen den Staub abzuwischen, und die Dinge, die sich etwa gestern Abends verschoben hatten, wieder zu recht zu stellen. Durch das Geräusch des Hereintretenden von ihrer Arbeit abgelenkt, wendete sie ihr Antliz gegen ihn. Es war eines jener schönen alten Frauenantlize, die so selten sind. Ruhige sanfte Farben waren auf ihm, und jedes der unzähligen kleinen Fältchen war eine Güte und eine Freundlichkeit. Um alle diese Fältchen waren hier noch die unendlich vielen andern einer schneeweißen gekrauseten Haube. Auf jeder der Wangen saß ein kleines, feines Flekchen Roth.

„Schau, bist du schon da, Victor," sagte sie, „ich habe auf die Milch wieder vergessen, daß ich sie warm gehalten hätte. Es steht wohl alles an dem Feuer, aber dasselbe wird ausgegangen sein. Warte, ich will es wieder anblasen."

„Ich bin nicht hungrig, Mutter," sagte Victor; „denn ich habe bei Ferdinand, ehe ich fortging, zwei Schnitten Kaltes von dem gestrigen Abendmale, das noch da stand, gegessen."

„Du mußt aber hungrig sein," antwortete die Frau, „weil du schon bei vier Stunden in der Morgenluft und dann durch den feuchten Wald gegangen bist."

„So weit ist es ja nicht über die Thurnwiese herüber."

„Ja weil du immer läufst und meinst, die Füsse dauern ewig – aber sie dauern nicht ewig – und im Gehen merkst du auch die Müdigkeit nicht, aber wenn du eine Weile sitzest, dann schmerzen die Füsse."

Sie sagte nichts weiter und ging in die Küche hinaus. Victor setzte sich indessen auf einen Stuhl nieder.

Als sie wieder hereingekommen war, sagte sie: „Bist du müde?"

„Nein," antwortete er.

„Du wirst wohl müde sein – freilich müde – warte nur, warte ein wenig, es wird gleich alles warm sein."

Victor antwortete nicht darauf, sondern tief niedergebückt gegen den Spiz, der mit ihm hereingegangen war, strich er mit der flachen Hand über die weichen langen Haare desselben, der sich ebenfalls liebkosend an dem Jünglinge aufgerichtet hatte und beständig in seine Augen schaute – er strich immer an der nehmlichen Stelle, und blikte auch immer auf diese nehmliche Stelle, als wäre eine recht schwere tiefe Bewegung in seinem Herzen.

Die alte Mutter sezte indessen ihr Geschäft fort. Sie war sehr fleißig. Wenn sie den Staub nicht erreichen konnte, so stellte sie sich auf die Spizen ihrer Zehen, um den unsauberen Gast fort zu bringen. Hiebei schonte und liebte sie die ältesten unbrauchbarsten Dinge. Da lag auf einem Schreine ein altes Kinderspielzeug, das schon lange nicht gebraucht worden war, und vielleicht nie mehr gebraucht werden wird – es war ein Pfeifchen mit einer hohlen Kugel, in der klappernde Dinge waren – sie wischte es rings um sauber ab, und legte es wieder hin.

„Aber warum erzählst du denn nichts?" sagte sie plötzlich, da sie das rings um herrschende Schweigen zu bemerken schien.

„Weil mich schon gar nichts mehr freut," antwortete Victor.

Die Frau sagte kein Wort, kein einzig Wörtlein, auf diese Rede, sondern sie sezte ihr Abwischen fort, und ihr stetes Ausschlingen des Tuches beim offenen Fenster.

Nach einer Weile sagte sie: „Ich habe dir oben den Koffer und die Kisten schon hergerichtet. Da du gestern aus warest, habe ich den ganzen Tag damit verbracht. Die Kleider habe ich zusammengelegt, wie sie in den Koffer gethan werden müssen. Auch die Wäsche, welche ausgebessert ist, liegt dabei. Die Bücher mußt du schon selber besorgen, und eben so das, was du in das Ränzlein zu thun gedenkst. Ich habe dir einen weichen feinen Lederkoffer gekauft, wie du einmal gesagt hast, daß sie dir so gefallen. – Aber wo willst du denn hin, Victor?“

„Einpaken.“

„Mein Gott, Kind, du hast ja noch nicht gegessen. Warte nur ein Weilchen. Jetzt wird es wohl schon warm sein.“

Victor wartete. Sie ging hinaus und brachte zwei Töpfchen, eine Schale, eine Tasse und ein Stük Milchbrod auf einem runden, reinen messingberänderten Brette herein. Sie stellte alles nieder, schenkte ein, kostete, ob es gut und gehörig warm sei, und schob dann das Ganze vor den Jüngling hin, es dem Dufte der Dinge überlassend, ob er ihn anloken werde oder nicht. Und in der That: ihre Erfahrung täuschte sie nicht; denn der Jüngling, der Anfangs nur ein wenig zu kosten begann, sezte sich endlich wieder nieder, und aß mit all dem guten Behagen und Gedeihen, das so sehr der Jugend eigen ist.

Sie war indessen allgemach fertig geworden, und ihre Abwischtücher zusammenlegend, schaute sie zu Zeiten freundlich und lächelnd auf ihn hin. Als er endlich alles Hereingebrachte verzehrt hatte, gab sie dem Spiz noch die kleinen Ueberreste, die da waren, und trug dann das Geschirr wieder in die Küche hinaus, daß es von der Magd gereinigt werde, wenn sie nach Hause komme; denn dieselbe war auf den Kirchenplaz des Thales hinaus gegangen, um manche Bedürfnisse für den heutigen Tag einzukaufen.

Als sie wieder von der Küche herein gekommen war, stellte sich die Frau vor Victor hin, und sagte: „Jetzt hast du dich erquikt, und nun höre mich an. Wenn ich wirklich deine Mutter wäre, wie du mich immer nennst, so würde ich recht böse auf dich werden, Victor; denn siehe ich muß dir sagen, daß dein Wort groß Unrecht ist, welches du erst sagtest, daß dich nichts mehr freue. Du verstehst es jetzt nur noch nicht, wie unrecht es ist. Wenn es selbst etwas Trauriges wäre, das auf dich harrt, so solltest du ein solches Wort nicht sagen. Siehe mich an, Victor, ich bin jetzt bald siebenzig Jahre alt, und sage noch nicht, daß mich nichts mehr freue, weil einen alles, alles freuen muß, da die Welt so schön ist und noch immer schöner wird, je länger man lebt. Ich muß dir nur gestehen – und du wirst selber auf meine Erfahrung kommen, wenn du älter wirst – als ich achtzehn Jahre alt war, sagte ich auch alle Augenblicke, mich freut nichts mehr – ich sagte es nehmlich, wenn mir diejenige Freude versagt wurde, die ich mir gerade einbildete. Dann wünschte ich alle Zeit weg, welche mich noch von einer künftigen Freude trennte, und bedachte nicht, welch ein kostbares Gut die Zeit ist. Wenn man älter wird, lernt man die Dinge und Weile, welche auch noch immer kürzer wird, erst recht schäzen. Alles, was Gott sendet, ist schön, wenn man es auch nicht begreift – und wenn man nur recht nachdenkt, so sieht man, daß es blos lauter Freude ist, was er gibt; das Leid legen wir nur selber dazu. Hast du im Hereingehen nicht gesehen, wie der Sallat an der Holzplanke, von dem noch gestern kaum eine Spur war, heute schon aller hervor ist?"

„Nein, ich habe es nicht gesehen," antwortete Victor.

„Ich habe ihn vor Sonnenaufgang angeschaut, und mich darüber gefreut," sagte die Frau. „Ich werde es mir von nun an sogar so einrichten, daß kein Mensch von mir mehr sagen kann, er habe mich eine Thräne aus Schmerz weinen gesehen, wenn auch ein Schmerz käme, der doch wieder nur eine andere Art Freude ist. In meiner Jugend habe ich große, große, und heiße Schmerzen gehabt; aber sie sind alle zu meinem Wohle und zu meiner Besserung – oft sogar zu irdischem Glüke ausgefallen. Ich sage das alles, Victor, weil du bald fort gehst. Du solltest Gott sehr danken, mein Kind, daß du die jungen Glieder und den gesunden Körper hast, um hinaus gehen und alle die Freuden und Wonnen aufsuchen zu können, die nicht zu uns herein kommen. – – Siehe, du hast kein Vermögen – dein Vater hat von dem Mißgeschicke, das ihn hienieden traf, vieles selbst verschuldet, jenseits wird er wohl die ewige Seligkeit haben; denn er war ein guter Mann und hat immer ein weiches Herz gehabt, wie du. Als sie dich nach der Verordnung des Testamentes deines verstorbenen Vaters zu mir brachten, damit du bei mir lebest, und auf dem Dorfe für dich lernest, um was sie dich dann immer in der Stadt fragen würden, hattest du so viel als nichts. Aber du bist herangewachsen, und nun hast du sogar das Amt erhalten, um welches so viele geworben haben, und um welches sie dich beneiden. Daß du jetzt fort mußt, ist nichts, und liegt in der Natur begründet; denn alle die Männer müssen von der Mutter, und müssen wirken. Du hast daher lauter Gutes erfahren. Du sollst deßhalb zu Gott dein Gebet verrichten, daß er dir alles gegeben hat, und du sollst demüthig sein, daß du die Gaben hast, es zu verdienen. – – Siehst du, Victor, alles das zusammengefaßt, würde ich über deine Rede böse sein, wenn ich deine Mutter wäre, weil du Gott den Herrn nicht erkennst: aber weil ich deine Mutter nicht bin, so weiß ich nicht, ob ich dir so viel Liebes und Gutes gethan habe, daß ich mich sonst auch erzürnen darf, und zu dir sagen: Kind, das ist nicht recht von dir, und es ist ganz und gar nicht gut."

„Mutter, ich habe es auch in dem Sinne nicht gemeint, wie ihr es nehmt," sagte Victor.

„Ich weiß, mein Kind, und betrübe dich auch nicht zu sehr über meine Rede," erwiederte die Mutter. „Ich muß dir nun auch sagen, Victor, daß du jezt gar nicht so arm bist, als du vielleicht denken magst. Ich habe dir oft gesagt, wie ich erschroken bin – das heißt, aus Freude bin ich erschroken – als ich erfahren habe, dein Vater hätte in sein Testament gesezt, daß du bei mir erzogen werden sollest. Er hat mich schon recht gut gekannt und hat das Vertrauen zu mir gehabt. Ich glaube, es wird nicht getäuscht worden sein. Victor, mein liebes, mein theures Kind, ich werde dir jezt sagen, was du hast. Du hast an Linnen – das ist der auserlesenste Theil unserer Kleider, weil er am nächsten an dem Körper ist, und ihn schüzt und gesund erhält – so viel, daß du täglich wechseln kannst, wie du es bei mir gelernt hast. Wir haben alles ausgebessert, daß kein Faden davon schadhaft ist. Für die Zukunft wirst du immer noch erhalten, was du brauchst. Hanna bleicht draußen Stüke, wovon die

Hälfte schon für dich gerechnet ist – und Striken, Nähen, Ausbessern werden wir besorgen. Im andern Gewande bist du anständig; du kannst dich dreimal anders anziehen, das nicht gerechnet, was du eben am Leibe hast. Es ist jezt alles feiner hergerichtet worden, als du es bisher gehabt hast; denn ein Mann, Victor, der sein erstes Amt antritt, ist wie ein Bräutigam, der ausgestattet wird – und er soll auch im Stande der Gnade sein, wie ein Bräutigam. Das Geld, welches sie mir alle Jahre für deinen Unterhalt geben mußten, habe ich angelegt, und habe immer die Zinsen wieder dazu gethan. Das hast du nun alles. Der Vormund weiß es nicht und braucht es auch nicht zu wissen; denn du mußt ja auch etwas für dich haben, daß du es ausgeben kannst, wenn sich andere sehen lassen, damit dir das Herz nicht zu wehe thut. Wenn dir dein Oheim das kleine Gütchen entreißt, welches noch da ist, so betrübe dich nicht, Victor; denn es sind so viele Schulden darauf, daß kaum mehr ein einziger Dachziegel dazu gehört. Ich bin in dem Amte gewesen, und habe mir es für dich aufschlagen lassen, damit ich es weiß. Manches Mal einen Nothpfennig bekommst du schon von mir auch noch. So ist alles gut. – Zu deinem Oheime mußt du nun schon die Reise machen, ehe du in das Amt eintrittst, weil er es so wünscht. Wer weiß, wozu es gut ist – du verstehst das noch nicht. Der Vormund erkennt auch die Nothwendigkeit, daß du dich dem Wunsche einer Fußwanderung zu dem Oheime fügest. Hast du gestern Rosina gesehen?“

„Nein, Mutter; wir sind spät Abends zurück gekommen, haben in dem Zimmer Ferdinands gespeiset, und heute bin ich mit Tagesanbruch fort gegangen, weil so viel zu thun ist. Der Vormund hat gesagt, daß ich meine Fußreise über die Stadt antreten und bei dieser Gelegenheit von ihnen allen Abschied nehmen soll.“

„Siehst du, Victor, Rosina könntest du einmal zu deiner Frau bekommen, wenn du in deinem Berufe recht thätig bist. Sie ist sehr schön, und denke, wie ihr Vater mächtig ist. Er hat die lästige Vormundschaft über dich sehr redlich und fleißig verwaltet, und ist dir nicht abgeneigt; denn er hatte immer viele Freude, wenn du deine Prüfungen gut gemacht hattest. Aber lassen wir das, zu dieser Heirath ist es noch weit hin. – –

Dein Vater könnte jezt auch so hoch sein, oder noch höher; denn er hat einen gewaltigen Geist gehabt, den sie nur nicht kannten. Deine eigene leibliche Mutter hat ihn nicht einmal gekannt. Und gut ist er gewesen, so sehr gut, daß ich jezt noch manchmal daran denke, wie er gar so gut gewesen ist. Deine Mutter ist auch recht lieb und fromm gewesen, nur ist sie viel zu frühe für dich gestorben. – – Sei nicht traurig, Victor – gehe nun hinauf in deine Stube, und bringe alles in Ordnung. Die Kleider mußt du nicht auseinander reißen, sie liegen schon so, wie sie in den Koffer passen. Sei bei dem Hineinlegen sorgsam, daß nichts zu sehr verknittert wird. – So. – – Ehe du hinauf gehst, Victor, höre noch eine Bitte von deiner Ziehmutter: wenn du heute oder morgen noch mit Hanna zusammen triffst, so sage ihr ein gutes Wort; es ist nicht recht gewesen, daß ihr euch nicht immer gut vertragen habt! – So, Victor, gehe nun; denn ein Tag ist gar nicht so lange."

Der Jüngling sagte gar nichts auf diese Rede, sondern er stand auf, und ging hinaus, wie einer, dem das Herz in Wehmuth schwimmt. Und wie man oft bei innerer Bewegung in der äußern ungeschikt ist geschah es ihm auch, daß er die Schulter an die Fassung der Thür anstieß. Der Spiz ging mit ihm hinauf.

Oben in seiner Stube, in der er nun so viele Jahre gewohnt hatte, war es erst recht traurig; denn nichts stand so, wie es in den Tagen der ruhig dauernden Gewohnheit gestanden war. Nur eines war noch so: der große Hollunderbusch, auf den seine Fenster hinaus sahen, und das rieselnde Wasser unten, das einen feinen zitternden Lichtschein auf die Deke seines Zimmers herauf sandte; die Berge waren noch, die sonnenhell schweigend und hüthend das Thal umstehen; und der Obstwald war noch, der im Grunde des Thales in Fülle und Dichte das Dorf umhüllt, und recht fruchtbar und segenbringend in der warmen Luft ruht, die zwischen die Berge geklemmt ist. Alles andere war anders. Die Laden und Fächer der Kästen waren heraus gerissen und leer, und ihr Inhalt lag außen auf ihnen herum: die blüthenweiße Linnenwäsche, nach Stüken geordnet – dann die Kleider, rein zusammen gelegt und in gehörige Stöße abgetheilt – andere Dinge, die theils in den Koffer gepakt werden sollten, theils in das

Wanderränzchen gehörten, das schon geöffnet auf einem Sessel lag und wartete – auf dem Bette waren fremde Sachen, auf dem Boden stand der Koffer mit gelöstem Riemzeug und lagen zerrissene Papiere: nur die Taschenuhr, auf ihrem gewöhnlichen Plaze hängend, pikte, wie sonst, und nur die Bücher standen in den Schreinen, wie sonst, und harrten auf ihren Gebrauch.

Victor sah das alles an, aber er that nichts. Statt einzupaken, sezte er sich auf einen Stuhl, der in der Eke des Zimmers stand, und drükte den Spiz an sein Herz. Dann blieb er sizen.

Die Klänge der Thurmuhr kamen durch die offenen Fenster herein, wie sie die Stunde ausschlug, aber Victor wußte nicht, die wie vielte es sei – die Magd, welche zurük gekommen war, hörte man aus dem Garten herauf singen – auf den fernen Bergen glizzerte es zuweilen, als wenn ein blankes Silberstük oder ein Glastäfelchen dort läge – das Lichtzittern auf der Stubendeke hatte aufgehört, weil die Sonne schon zu hoch hinüber gegangen war – das Horn des Hirten war zu vernehmen, der auf den Bergen seine Thiere trieb – die Uhr schlug wieder: aber der Jüngling saß immer auf dem Stuhle und der Hund saß vor ihm und schaute ihn unbeweglich an.

Endlich als er die Tritte seiner Mutter über die Treppe herauf hörte, sprang er plözlich auf und stürzte an sein Geschäft. Er riß die Flügel des Bücherkastens auseinander und begann schnell die Bücher stoßweise auf den Boden heraus zu legen. Die Frau aber stekte blos ein wenig den Kopf bei der gelüfteten Thür herein, und da sie ihn so beschäftigt sah, zog sie sich wieder zurük und ging auf den Zehen davon. Er aber, da er sich einmal in Thätigkeit gesezt hatte, blieb auch dabei und arbeitete feuereifrig fort.

Alle Bücher wurden aus den zwei Bücherkästen heraus gethan, bis sie leer waren und die ledigen Fächer in das Zimmer starrten. Dann band er die Bücher in Stöße und legte sie in eine bereit stehende Kiste, deren Dekel er, als die Bücher untergebracht waren, fest schraubte und mit einer Aufschrift versah. Hierauf ging er an seine Papiere. Alle Fächer des

Schreibtisches und der zwei andern Tische wurden heraus gezogen, und alle Schriften, die darin waren, Stük für Stük untersucht. Einiges wurde blos angeschaut und an bestimmten Stellen zum sofortigen Einpaken zusammen gelegt, anderes wurde gelesen, manches zerrissen und auf die Erde geworfen, und manches in die Rok- oder Brieftasche gelegt. Endlich, da auch alle Tischfächer leer waren und auf ihren Boden nichts zeigten, als den traurigen Staub, der die langen Jahre her hinein gerieselt war, und die Spalten, die sich unterdessen in dem Holze gebildet hatten, band er auch die hingelegten Schriften in Bündel, und legte sie in den Koffer. Nun ging er an die Kleider und an das Kofferpaken. Manches Gedenkstük früherer Tage, als ein kleines silbernes Handleuchterchen, ein Futteral mit einer Goldkette, ein Fernrohr, zwei kleine Pistolen und endlich seine geliebte Flöte wurden unter die weiche, schonende Wäsche untergebracht. Als alles beendet war, wurde der Dekel geschlossen, das Riemzeug verschnallt, das Schloß gesperrt, und oben eine Aufschrift aufgeklebt. Der Koffer und die Kiste mußten fort gesendet werden, das Ränzchen aber, welches noch auf dem Stuhle lag, sollte die Dinge enthalten, welche er auf seine Fußwanderung mitnehmen würde. Er pakte es schnell voll und schnallte es dann mit seinem Riemzeug zusammen.

Als er nun mit allem fertig war, schaute er noch einmal in dem Zimmer und an den Wänden herum, ob nichts liege oder hänge, was noch eingepakt werden müsse: aber es war nichts mehr da, und die Stube blikte ihn verwüstet an. Unter dem Gewirre der fremden Dinge und der ebenfalls gleichsam fremdgewordenen Geräthe stand das einzige Bett noch, wie bisher; aber auch auf ihm lag verunreinigender Staub, oder lagen Stüke zerrißenen Papieres. So stand er eine Weile. Der Spiz, der bisher dem Treiben mit Verdacht schöpfenden Augen zugeschaut hatte, und keinen einzigen Handgriff außer Acht lassend bald rechts bald links ausgewichen war, je nachdem er den Jüngling hinderte, stand nun auch ruhig vor ihm, und blikte empor, gleichsam fragend: „Was nun?"

Victor aber wischte sich mit der flachen Hand und mit dem Tuche den Schweis von der Stirne, nahm eine Bürste, die da lag, fegte damit den Staub von seinen Kleidern und stieg dann die Treppe hinab.

Es war indessen viele Zeit vergangen, und die Dinge hatten sich unten geändert. In der Stube war niemand. Die Morgensonne, welche so freundlich hereingeschienen und die Fenstervorhänge so schimmerweiß gemacht hatte, als er heute früh aus der Stadt gekommen war, ist nun eine Mittagssonne geworden, und stand gerade über dem Dache, ihr blendend Licht und ihren warmen Strom auf das graue Holz desselben nieder senkend. Die Obstbäume standen ruhig, ihre am Morgen so nassen und funkelnden Blätter sind troken geworden, glänzen nur mehr matt, regen sich nicht, und die Vögel in den Zweigen piken ihr Futter. Die Fenstervorhänge sind zurük geschlagen, die Fenster offen, und die heiße Landschaft schaut herein. In der Küche lodert ein glänzendes rauchloses Feuer, die kochende Magd steht dabei. – Alles ist in jener tiefen Stille, von der die Heiden einst sagten: „Pan schläft."

Victor ging in die Küche, und fragte, wo die Mutter sei.

„In dem Garten, oder sonst wo herum," antwortete die Magd.

„Und wo ist Hanna?" fragte Victor wieder.

„Sie ist vor wenigen Augenbliken hier gewesen," erwiederte die Magd, „ich weiß nicht, wo sie hingegangen ist."

Victor ging in den Garten hinaus und ging zwischen reinlichen Beten dahin, die er so lange gekannt hatte, und auf denen die verschiedenen Dinge knospeten und grünten. Der Gartenknecht sezte Pflanzen und sein Söhnlein pumpte Wasser, wie es sonst oft gewesen war. Victor fragte um die Mutter: man hatte sie in dem Garten nicht gesehen. Er ging weiter an Johannisbeeren, Stachelbeeren, an Obstbäumen und Heken vorüber. Zwischen den Stämmen stand das hohe Gras und in den Einfassungen blühten manche Blümlein. Von der Gegend des Glashauses, dessen Fenster in der Wärme offen standen, tönte eine Stimme herüber: „Victor, Victor!"

Der Gerufene, welcher durch seine feurige Arbeit in seiner Stube oben einen Theil der Bekümmerniß zerstreut hatte, die wegen der nahen Fortreise über ihn gekommen war, wendete bei diesem Rufe sein erheitertes Antliz gegen die Glashäuser. Es stand ein schönes, schlankes

Mädchen dort, welches ihm winkte. Er schritt den nächsten Weg durch das Gartengras zu ihr hinüber.

„Victor,“ sagte sie, als er bei ihr angelangt war, „bist du denn schon da, ich habe ja gar nichts davon gewußt, wann bist du denn gekommen?“

„Ja sehr früh Morgens, Hanna!“

„Ich bin mit der Magd einkaufen gewesen, darum habe ich dich nicht ankommen gesehen. Und wo bist du denn dann darauf gewesen?“

„Ich habe in meiner Stube meine Sachen eingepakt.“

„Die Mutter hat mir auch gar nicht gesagt, daß du schon da seiest, und so habe ich gemeint, du würdest etwa lange geschlafen haben und erst Nachmittags aus der Stadt herüber kommen.“

„Das war eine thörichte Meinung, Hanna. Werde ich denn bis in den Tag schlafen, oder bin ich denn ein Schwächling, der einen Spaziergang vom Tage vorher durch Ruhe verwinden muß, oder ist es etwa weit herüber, oder soll ich die Mittagshize wählen?“

„Warum hast du denn gestern gar nicht auf unsere Fenster herüber geschaut, Victor, da ihr vorbei ginget?“

„Weil wir Ferdinand's Geburtstag feierten, und nach Einverständniß der Eltern den ganzen Tag für uns besaßen. Deßwegen hatten wir keinen Vater, keine Mutter, noch sonst jemanden, der uns etwas befehlen durfte. Darum war auch unser Dorf blos der Ort, wo wir zu Mittag essen wollten, weil es so schön ist, weiter nichts. Verstehst du es?“

„Nein; denn ich hätte doch herüber geschaut.“

„Weil du alles vermengst, weil du neugierig bist und dich nicht beherrschen kannst. Wo ist denn die Mutter? ich habe ihr etwas Nothwendiges zu sagen: erst war ich nur nicht gleich gefaßt, da sie mit mir redete, jezt weiß ich aber schon, was ich antworten soll.“

„Sie ist auf der Bleiche.“

„Da muß ich also hinüber gehen.“

„So gehe, Victor,“ sagte das Mädchen, indem es sich um die Eke des Glashauses hinum wendete.

Victor ging sofort, ohne sonderlich auf sie zu achten, gegen die ihm wohlbekannte Bleiche.

Es ist hinter dem Garten ein Plaz mit kurzem samtenen Grase, auf welchem weithin in langen Streifen die Leinwand aufgespannt lag. Dort stand die Mutter und betrachtete den wirthlichen Schnee zu ihren Füssen. Zuweilen prüfte sie die Stellen, ob sie schon troken seien, zuweilen befestigte sie eine Schlupfe an dem Haken, mit dem das Linnen an den Boden gespannt war, zuweilen hielt sie die flache Hand wie ein Dächlein über die Augen und schaute in der Gegend herum.

Victor trat zu ihr.

„Bist du schon fertig,“ sagte sie, „oder hast du dir etwas auf Nachmittag gelassen? Nicht wahr, es ist viel, wie wenig es auch aussieht. Du bist heute weit gegangen, thue den Rest nach dem Essen, oder morgen. Ich hätte gestern alles selber paken können, und wollte es auch thun; aber da dachte ich: er muß selber daran gehen, daß er es lernt.“

„Nein, Mutter,“ antwortete er, „ich habe nichts übrig gelassen, ich bin schon ganz fertig.“

„So?“ sagte die Mutter, „laß sehen.“

Bei diesen Worten griff sie gegen seine Stirne. Er neigte sich ein wenig gegen sie, sie streifte ihm eine Loke, die sich bei der Arbeit nieder gesenkt hatte, weg, und sagte: „du hast dich recht erhizt.“

„Es ist schon der Tag so warm,“ antwortete er.

„Nein, nein, es ist auch vom Arbeiten. Und wenn du alles gethan hast, so mußt du heute und morgen schon in deinen Reisekleidern bleiben, und was wirst du denn da immer thun?“

„Ich gehe an dem Bache hinauf, an dem Buchengewände und so herum. Die Kleider behalte ich an. – – Aber ich bin wegen etwas anderem heraus gekommen, Mutter, und möchte gerne etwas sagen, aber es wird euch erzürnen."

„So erschreke mich nicht, Kind, und rede. Willst du noch etwas? Geht noch irgend ein Ding ab?"

„Nein, es geht keines ab, eher ist um eines zu viel. Ihr habt heute eine Rede gethan, Mutter, die mir gleich damals nicht zu Sinne wollte, und die ich nun doch nicht wieder aus demselben bringe."

„Welche Rede meinst du denn, Victor?"

„Ihr habt gesagt, daß euch zu meinem Unterhalte ein Geld angewiesen worden sei, das Ihr alle Jahre empfangen solltet. – Ihr habt gesagt, daß Ihr das Geld empfangen habt – und ferner habt Ihr gesagt, daß Ihr das Geld für mich auf Zinsen angelegt, und allemal auch die Zinsen dazu gethan habt."

„Ja, das habe ich gesagt, und das habe ich gethan."

„Nun seht, Mutter, da sagt mir mein Gewissen, daß es nicht recht sei, wenn ich das Geld von Euch annehme, weil es mir nicht gebührt – und da bin ich gekommen, um es Euch vorher lieber im Guten zu sagen, als daß ich nachher das Geld ausschlüge und Euch erzürnte. – Seid Ihr böse?"

„Nein, ich bin nicht böse," sagte sie, indem sie ihn mit freudestrahlenden Augen ansah – – „aber sei kein thörichtes Kind, Victor! Du siehst wohl ein, daß ich dich nicht des Gewinnes wegen in mein Haus aufgenommen habe – um des Gewinnes willen hätte ich nie ein Kind genommen – daher ist ja das, was von dem Gelde jährlich übrig geblieben ist, von rechtswegen dein. Höre mich an, ich werde es dir erklären. Die Kleider hat der Vormund herbei geschafft, für Speisen hast du keine Auslagen verursacht – du aßest ja kaum, wie ein Vogel, und das Gemüse und das Obst und das andere, wovon du genossest, das hatten wir ja alles selbst. Siehst du nun? – Und daß ich dich so lieb gewonnen habe, das hat mir dein Vater nicht aufgetragen, das stand auch in keinem Testamente, und dafür kannst du nichts. Begreifst du nun alles?"

„Nein, ich begreife es nicht, und es ist auch nicht so. Ihr seid nur wieder zu gut, daß Ihr nichts als Scham auf mein Herz ladet. Wenn nach Abzug der Kosten wirklich in jedem Jahre etwas übrig geblieben wäre, und Ihr hättet das für mich aufbewahrt, so wäre es schon nur eine Liebe und Güte gewesen; und nun sagt Ihr, daß alles übrig geblieben ist, – was man fast nur mit Schmerzen anhören kann. – Ihr habt ohnedies gethan, was kaum zu verantworten ist: Ihr habt mir nicht nur eine schöne Stube gegeben, sondern habt auch gerade das hinein gestellt, was mir lieb und werth war; Ihr habt mir Speise und Trank verschafft und Euch nur Arbeit. Das ganze Reisegeräthe habt Ihr jetzt wieder gekauft; von Euren Feldern und Gärten habt Ihr das Nöthige abgekargt, daß schöne Linnen und anderes in meiner Lade liegen – – und wenn ich in früheren Zeiten alles hatte, was ich bedurfte, so ginget Ihr hin, und gabet mir noch etwas – und wenn ich auch das hatte, so stektet Ihr mir jeden Tag noch heimlich zu, was Euch däuchte, daß es mich freuen wird. – Ihr habt mich lieber gehabt als Hanna!“

„Nein, mein Victor, da thust du mir Unrecht. Du verstehst das Gefühl noch nicht. Was nicht vom Herzen geht, geht nicht wieder zu Herzen. Hanna ist meine leibliche Tochter – ich habe sie im Schoße unter dem eigenen Herzen getragen, das ihrer Ankunft entgegen schlug – ich habe sie dann geboren: in spätem Alter ist mir das Glük zu Theil geworden, als ich schon hätte ihre Großmutter sein können – mitten unter dem Schmerze über den Tod ihres Vaters habe ich sie doch mit Freuden geboren – dann habe ich sie erzogen – – und sie ist mir daher auch lieber. Ich habe aber auch dich sehr geliebt, Victor. Seit du in dieses Haus gekommen und aufgewachsen bist, liebte ich dich sehr. Oft war es mir, als hätte ich dich wirklich unter dem Herzen getragen – – und ich hätte dich ja eigentlich unter diesem Herzen tragen sollen; es war Gottes Wille, wenn es auch nachher anders geworden ist – ich werde dir das erzählen, wenn du älter geworden bist. Und zulezt, daß ich es sage, um Gott und der Wahrheit die Ehre zu geben, ihr werdet mir wohl beide gleich lieb sein. – – Mit dem Gelde machen wir es so, Victor: man muß keinem Menschen in seinem Gewissen Gewalt anthun, und ich dringe daher nicht mehr in dich; lassen wir das Geld anliegen bleiben, wo es jezt liegt, ich werde eine Schrift verfertigen, daß es dir und Hanna ausgefolgt werde, wenn ihr großjährig seid; dann könnt ihr es theilen, oder sonst darüber verfügen, wie ihr wollt. Ist es dir so recht, Victor?"

„Ja, dann kann ich ihr alles geben."

„Lasse das nur jezt ruhen. Wenn die Zeit kömmt, wird sich schon finden, was mit dem Gelde zu machen sei. Ich will dir noch auf das andere antworten, was du gesagt hast, Victor. Wenn ich dir heimlich Gutes that, so that ich es auch Hanna. Die Mütter machen es schon so. Seit du in unser Haus gekommen bist, ist es beinahe, als wäre ein größerer Segen gekommen. Ich konnte für Hanna jährlich mehr ersparen, als sonst. Die Sorge für zwei ist geschiktere und geübtere Sorge, und wo Gott für zwei zu segnen hat, segnet er oft für drei. – – O Victor! die Zeit ist recht schnell vergangen, seit du da bist. Wenn ich so zurük denke in meine einstige Jugend, so ist es mir: wo sind denn die Jahre hingekommen, und wie bin ich denn so alt geworden? Da ist noch alles so schön, wie gestern – die Berge stehen noch, die Sonne strahlt auf sie herunter, und die Jahre sind dahin, als wie ein Tag. – Wenn du nachmittag, wie du sagst, oder etwa morgen noch einmal in den Wald hinauf gehst, so suche eine Stelle auf – man könnte sie von hier beinahe sehen – siehst du, dort oben in der Bergrinne, wo das Licht gleichsam über die grünen Buchen herab rieselt. – Die Stelle ist für dich bedeutsam. Es quillt ein Brünnlein hervor und fließt in der Bergrinne nieder, über das Brünnlein legt sich ein breiter flacher Stein, und eine sehr alte Buche steht dabei, welche unten einen langen Ast ausstrekt, auf den man Tücher legen, oder einen Frauenhut aufhängen kann."

„Ich kenne die Stelle nicht, Mutter, aber wenn Ihr wollt, werde ich hinauf gehen und sie aufsuchen."

„Nein, Victor, dir ist sie doch nicht so nahe, wie mir – auch wirst du andere wissen, die in deinen Augen schöner sind. Lassen wir das. Sei über alles ruhig, denke nicht mehr an das Geld und sei nicht traurig. Ich weiß es, der Schmerz über die Scheidung ist schon in dir, und da nimmst du alles tiefer auf, als es ist. – – Du sagtest, daß du heute noch an dem Buchengewände hinauf gehen willst: hast du aber auch gesehen, wie sich kein Zweiglein in dem Garten rührt, und die Baumwipfel gleichsam in den Lüften stoken; ich denke, es könnte ein Gewitter kommen, du mußt nicht zu weit gehen."

„Ich gehe nicht zu weit, und ich kenne schon die Gewitterzeichen; wenn sich einige zeigen, gehe ich nach Hause."

„Ja, Victor, halte es so, und es ist gut. Willst du nach einem Weilchen mit mir in die Stube hinein gehen – es ist schon bald Mittag – oder willst du noch lieber hier herum sein, bis es Zeit zum Essen wird?"

„Ich will noch ein wenig in dem Garten bleiben."

„So bleibe in dem Garten. Ich werde hier noch die Schlupfen befestigen und nachsehen, ob mir das Geflügel nicht wieder die Leinwand verunreinigt hat."

Er blieb noch eine Zeit bei ihr stehen und sah ihr zu. Dann ging er in den Garten und sie blikte ihm nach.

Hierauf befestigte sie die eine Schlupfe, und dann die andere, bis keine mehr fehlte. Sie wischte das Stükchen Erde weg, das ein Gänsefuß oder ein anderer auf das Linnen gebracht hatte. Sie lüftete jezt diese und jezt jene Stelle, daß sie nicht zu sehr an dem Grase klebe. – – Und so oft sie aufsah, sah sie sich nach Victor um, und erblikte ihn vor dem einen oder dem andern Busche des Gartens stehend, oder herum gehend, oder über die Planke hinaus nach der Gegend schauend. Dies dauerte so lange, bis plözlich in der stillen, heißen Luft das klare Mittagsglöklein klang – für die Gemeinde das Zeichen zum Gebete, und für dieses Haus nach stettiger Gewohnheit zugleich das Zeichen, daß man sich zum Mittagsessen versammeln solle. Die Mutter sah noch, wie sich Victor auf den Schall des Glökleins umwandte und dem Hause zuschritt. Dann folgte sie ihm.

Als der Jüngling in das Haus trat, sah er, daß unterdessen Gäste gekommen waren, nehmlich der Vormund und seine Familie. Man hatte, wie es bei solchen Gelegenheiten oft geschieht, Victor eine

Ueberraschung machen und nebstbei einen Tag auf dem Lande zubringen wollen.

„Du siehst, mein lieber Mündel,“ sagte der Vormund zu dem erstaunten Jünglinge, „daß wir artig sind. Wir wollen dich heute noch einmal sehen und ein Abschiedsfest feiern. Du kannst dann übermorgen, oder wann deine Reiseanstalten fertig sind, deines geraden Weges über die Berge wandern, ohne, wie wir verabredet haben, noch einmal die Stadt zu berühren, um von uns Abschied zu nehmen. Genieße dann nur recht deine wenigen noch übrigen Tage der Freiheit, bis du in das Joch der harten Arbeit mußt.“

„Sei mir gegrüßt, mein Sohn,“ sagte die Gattin des Vormunds, und küßte Victor, der sich auf ihre Hand niederbeugen wollte, auf die Stirne.

„Nicht wahr, das ist schön geworden, wie es jezt ist?“ sagte Ferdinand, der Sohn, indem er dem Freunde die Hand schüttelte.

Rosina, die Tochter, welche ein wirklich recht schönes zwölfjähriges Mädchen war, stand seitwärts, sah freundlich um sich, und sagte nichts.

Victors Ziehmutter mußte um den bevorstehenden Besuch gewußt haben; denn der Tisch war gerade für so viele Menschen gedekt, als da waren. Sie grüßte alle sehr freundlich, als sie herein kam, ordnete an, in welcher Reihe man an dem Tische sizen sollte, und sagte: „Siehst du, Victor, wie dich alle doch lieb haben.“

Die Speisen kamen und das Mahl begann.

Der Vormund und seine Gattin saßen oben an, neben Rosinen wurde Hanna, die Ziehschwester Victors, gesezt, den Mädchen gegenüber waren die Jünglinge, und ganz unten hatte sich als Wirthin die Mutter hingesezt, die häufig aus und ein zu gehen und zu sorgen hatte.

Man genoß die ländlichen Gerichte.

Der Vormund erzählte Reiseabentheuer, die er selbst erlebt hatte, da er noch in den Schulen war, er gab Regeln, wie man mit mäßigem Frohsinne die Welt genießen solle, und unterwies Victor, wie er sich nun zunächst zu benehmen habe. Die Gattin des Vormunds spielte auf eine künftige

Braut an, und Ferdinand sagte, er würde den Freund sehr bald besuchen, wenn derselbe nur einmal in seinen Standort würde eingerükt sein. Victor redete wenig, und versprach alles genau zu befolgen, was ihm der Vormund anrieth und einprägte. Den Brief, den er ihm an den Oheim mit gab, zu welchem Victor nun unmittelbar und zwar auf die ausdrükliche sonderbare und etwas eigensinnige Forderung des Oheims selbst zu Fusse zum Besuche kommen mußte, versprach er recht gut aufzubewahren, und sogleich bei der Ankunft abzugeben.

Als es gegen Abend ging, machten sich die Stadtbewohner auf den Heimweg. Sie ließen ihren Wagen, der in dem Gasthause gehalten hatte, in dem engeren Thale bis zu seiner Mündung in das weitere vorausgehen, und wurden von ihrer Wirthin und Victor und Hanna begleitet.

„Lebt wohl, Frau Ludmilla," sagte der Vormund, als er in den Wagen stieg, „lebe wohl, Victor, und befolge alles, was ich dir gesagt habe."

Als er in den Wagen gestiegen war, als Victor noch einmal gedankt und man sich allseitig empfohlen hatte, flogen die Pferde davon.

Es war heute schon zu spät, daß Victor noch weit in den Wald hinauf gegangen wäre. Er blieb zu Hause, sah verschiedene Dinge in dem Garten an, und untersuchte noch einmal alle Habe, die er in sein Ränzchen gepakt hatte.

## 3. Abschied

Der andere Tag, der letzte, den Victor in diesem Hause zuzubringen hatte, brachte nichts Ungewöhnliches. Man pakte noch manches, man ordnete das schon Geordnete noch einmal, man that, wie es in solchen Fällen sehr gewöhnlich ist, gegen einander, als sollte gar nichts vorfallen, und so war der Vormittag bald vorüber.

Nach dem Mittagsessen, als man kaum aufgestanden war, ging Victor schon an dem Bache durch die Gegend hinauf, und wandelte für sich allein dem Buchengewände und dessen Steinhängen zu.

„Laß ihn gehen, laß ihn gehen," sagte die alte Frau für sich, „das Herz wird ihm schwer sein."

„Mutter, wo ist denn Victor?" fragte Hanna einmal im Laufe des Nachmittages.

„Er ist Abschied nehmen gegangen," antwortete diese, „von der Gegend ist er Abschied nehmen gegangen. Mein Gott! er hat ja nichts anders. Der Vormund, ein so vortrefflicher und vorsorglicher Mann er ist, ist ihm doch ferne, und so sind es auch die Angehörigen des Vormundes."

Hanna erwiederte auf diese Worte nichts – – gar nicht den leisesten Laut erwiederte sie darauf, und ging zwischen das Gebüsche der kleinen Pflaumenbäume hinein.

Der Rest des Nachmittages verging in diesem Hause, wie gewöhnlich. Die Menschen verbrachten ihn mit den Arbeiten, die ihnen zukamen, die Vögel in ihren Bäumen verzwitscherten ihn, die Hühner gingen in dem Hofe herum, die Gräser und Pflanzen gediehen ein wenig weiter, und die Berge schmükten sich mit Abendgold.

Als die Sonne schon von dem Himmel verschwunden war, und nur mehr die goldblasse, ahnungsreiche Kuppel über dem Thale stand – darum ahnungsreich, weil sie morgen als eben so goldblasse Frühkuppel über dem Thale stehen, und denjenigen auf immer fortführen wird, den hier alle so lieben – als diese Kuppel über dem Thale glänzte, kam Victor von seinem Gange, auf den er sich so eilig nach dem Essen begeben hatte, zurük. Er ging längs der Gartenplanke, um das Pförtchen zu gewinnen, das von der Leinwandbleiche hineinführt. Die weißen Linnenstreifen waren nicht mehr da, nur das grünere und nassere Gras wies die Stellen, wo sie unter Tags gelegen waren – manche Fenster waren über die Gartenbeete gedekt, weil der blanke Himmel eine kühle Nacht versprach – von dem Hause stieg ein dünnes Rauchsäulchen auf, weil die Mutter schon vielleicht für das Abendessen sorgte. Victor hatte sein Angesicht dem Abendhimmel zugewendet, es wurde von demselben sanft beleuchtet, die kühlere Luft floß durch seine Haare, und der Himmel spiegelte sich in dem trauernden Auge.

Hanna hatte ihn beinahe dicht an sich vorüber gehen gesehen, da sie an der inneren Wand der Gartenplanke stand, aber sie hatte nicht den Muth gehabt, ihn anzureden. Das Mädchen war beschäftigt von einem struppigen geschornen Busche Stüke eines Seidenstoffes herab zu lesen, die in einem getrennten Kleide bestanden, gefärbt worden waren, und unter Tags zum Troknen sich auf dem Busche befunden hatten. Stük nach Stük nahm sie herab, und legte sie auf ein Häufchen zusammen. Da sie nach einer Weile umblikte, sah sie Victor im Garten bei der großen Rosenheke stehen.

Später sah sie ihn wieder bei der Heke des blauen Hollunders stehen, der schon Knospen hatte. Der Hollunder aber war viel näher gegen sie her, als die Rosenheke. Dann ging er wieder ein wenig weiter, und endlich kam er zu ihr herzu, und sagte: „Ich will dir etwas hinein tragen helfen, Hanna."

„Ach nein, Victor, ich danke dir," antwortete sie, „es sind ja nur ein par leichte Läppchen, die ich färbte und hier troknen ließ."

„Hat sie dir die Sonne denn nicht sehr ausgezogen?"

„Nein; dieses Blau muß man in die Sonne legen, vorzüglich in die Frühlingssonne, da wird es immer schöner."

„Nun, und ist es schön geworden?"

„Sieh her."

„Ach ich verstehe es doch nicht."

„Es ist nicht so schön geworden, wie die Bänder im vorigen Jahre, aber doch schön genug."

„Es ist sehr feine Seide."

„Sehr fein."

„Gibt es noch feinere?"

„Ja, es gibt noch viel feinere."

„Und möchtest du recht viele schöne seidene Kleider haben?"

„Nein; sie sind zum Festtagsgewande sehr vorzüglich; aber da man nicht viel Festgewand braucht, so wünsche ich nicht viel Seide. Die andern Kleider sind auch schön, und Seide ist immer ein stolzes Tragen."

„Ist der Seidenwurm nicht ein recht armes Ding?"

„Warum, Victor? „

„Weil man ihn tödten muß, um sein Gewebe zu bekommen."

„Thut man das?"

„Ja, man siedet sein Gespinnst im Wasserdunst, oder räuchert es in Schwefel, damit das Thier drinnen stirbt; denn sonst frißt es die Fäden durch, und kömmt als Schmetterling heraus."

„Armes Thier!"

„Ja – und in unsern Zeiten trennt man ihn auch von seinem armen Vaterlande – siehst du, Hanna – wo er auf sonnigen Maulbeerbäumen herum kriechen könnte, und füttert ihn in unsern Stuben mit Blättern, die draußen wachsen und auch nicht so heiter sind, wie in ihrem Vaterlande. – – Und die Schwalben, und die Störche und die andern Zugvögel gehen im Herbste von uns fort, vielleicht weit, weit in die Fremde; aber sie kommen im Frühlinge wieder. – – Es muß die Welt doch eine ungeheure, ungeheure Größe haben."

„Mein armer Victor, rede nicht solche Dinge."

„Ich möchte dich um etwas fragen, Hanna."

„So frage mich, Victor."

„Ich muß dir noch vielmal danken, Hanna, daß du mir die schöne Geldbörse gemacht hast. Das Gewebe ist so fein und weich, und die Farben sind recht schön. Ich habe sie mir aufbewahrt, und werde kein Geld hinein thun."

„Ach, Victor, das ist ja schon lange her, daß ich dir die Börse gab, und es ist nicht der Mühe werth, daß du mir dankst. Thue du nur dein Geld hinein, ich werde dir eine neue machen, wenn diese schlecht wird, und so immer fort, daß du nie einen Mangel haben sollst. Ich habe dir zu deiner jezigen Abreise noch etwas gemacht, das viel schöner ist, als die Börse, aber die Mutter wollte, daß ich es dir erst heute Abends oder morgen früh geben sollte."

„Das freut mich, Hanna, das freut mich sehr."

„Wo bist du denn den ganzen Nachmittag gewesen, Victor?"

„Ich bin an dem Bache hinaufgegangen, weil ich so lange Weile hatte. Ich habe in das Wasser geschaut, wie es so eilig und emsig unserm Dorfe zurieselt, wie es so dunkel und wieder helle ist, wie es um die Steine und um den Sand herum trachtet, um nur bald in das Dorf zu kommen, in welchem es dann doch nicht bleibt. Ich habe das Steinübergehänge angeschaut, das da steht und unaufhörlich in die Wellen blikt. Zulezt bin ich in den Buchenwald hinauf gegangen, wo die Stämme schön sein werden, wenn ein oder zwei oder gar zehn Jahre verflossen sind. Die Mutter hat mir von einem Plaze erzählt, wo ein flacher Stein über ein Brünnlein liegt, und eine alte Buche mit einem tiefen langen Aste steht. Ich konnte den Plaz nicht finden."

„Das ist das Buchenbrünnlein im Hirschkar. Es wachsen gute Brombeeren herum, ich weiß den Plaz recht gut, und werde ihn dir morgen zeigen, wenn du willst."

„Morgen bin ich ja nicht mehr da, Hanna."

„Ach so, morgen bist du nicht mehr da. Ich meine immer, daß du stets da sein sollst."

„Ach nein. – – Liebe Hanna, theile diese seidenen Fleke ab, ich will sie dir doch hinein tragen helfen."

„Ich weiß nicht, wie du heute bist, Victor; die Dinge da sind ja so leicht, daß ein Kind das Zehnfache davon zu tragen vermöchte."

„Es ist auch nicht wegen der Schwere, sondern ich möchte sie dir nur tragen."

„Nun so trage einen Theil, ich werde sie gleich ordnen. Willst du schon in das Haus hinein gehen, so raffen wir schnell zusammen, was noch da ist, und gehen."

„Nein, nein, ich will nicht hinein gehen – es ist ja nicht so spät, ich möchte noch in dem Garten bleiben. – – Und das von der Börse ist es auch nicht allein, was ich dir zu sagen habe."

„So sprich, Victor, was ist es denn?"

„Die vier Tauben, die ich bisher ernährt habe – sie sind freilich nicht so schön, aber sie erbarmen mir doch, wenn sie nun niemand pflegt."

„Ich will sorgen, Victor, ich will ihnen den Schlag am Morgen öffnen und am Abende schließen; ich will Sand streuen und ihnen Futter geben."

„Dann muß ich dir noch für die viele Leinwand danken, die ich mit bekomme."

„Um Gottes willen, ich habe sie dir ja nicht gegeben, sondern die Mutter – auch haben wir ja noch genug in unsern Schreinen, daß wir ihren Abgang nicht empfinden."

„Das kleine silberne Kästchen von meiner verstorbenen Mutter, weißt du, das wie ein Trühelchen aussieht, mit der durchbrochenen Arbeit und dem kleinen Schlüsselchen, das dir immer so gefallen hat – das habe ich gar nicht eingepakt, weil ich es dir zum Geschenke da lasse."

„Nein, das ist zu schön, das nehme ich nicht."

„Ich bitte dich, nimm es, Hanna, du thust mir einen sehr großen Gefallen, wenn du es nimmst."

„Wenn ich dir einen großen Gefallen thue, so will ich es nehmen, und es dir aufheben, bis du kommst, und es dir sorgfältig bewahren."

„Und die Nelken pflege, die armen Dinge an der Planke – hörst du – und vergiß den Spiz nicht; er ist zwar schon alt, aber ein treues Thier."

„Nein, Victor, ich vergesse ihn nicht."

„Aber ach, das ist es ja alles nicht, was ich eigentlich zu sagen habe – – ich muß etwas anderes sagen.“

„Nun so rede, Victor!“

„Die Mutter hat gesagt, ich möchte heute noch ein freundliches Wort zu dir sagen, weil wir öfter mit einander gezankt haben – ich möchte noch gut reden, ehe ich auf immer fort gehe – – und da bin ich gekommen, Hanna, um dich zu bitten, daß du nicht auf mich böse seiest.“

„Wie redest du nur, ich bin ja in meinem ganzen Leben nicht böse auf dich gewesen.“

„O ich weiß es jezt recht gut, du bist immer die Gequälte und Geduldige gewesen.“

„Victor, ängstige mich nicht, das ist dir nur heute so.“

„Nein, du warst immer gut, ich dachte es nur nicht so. Höre mich an, Hanna, dir will ich mein ganzes Herz ausschütten: ich bin ein unbeschreiblich unglüklicher Mensch.“

„Heiliger Gott! Victor, mein lieber Victor! was ist dir denn so schwer?“

„Siehst du, den ganzen Tag hängen mir die niederziehenden Thränen in dem Haupte, ich muß sie zurük halten, daß sie mir nicht aus den Augen fallen. Als ich nach dem Mittagsessen an dem traurigen Wasser und an dem Buchengewände hinauf ging, war es nicht eigentlich lange Weile, sondern, daß mich nur keine Augen anschauen möchten – – und da dachte ich mir: ich habe doch gar niemand auf der ganzen großen weiten Erde, keinen Vater, keine Mutter, keine Schwester. Mein Oheim bedroht mir meine wenigen Habseligkeiten, weil ihm mein Vater schuldig war, und die Einzigen, die mir Gutes thun, muß ich verlassen.“

„O Victor, lieber Victor, kränke dich nicht zu sehr. Dein Vater und deine Mutter sind freilich gestorben; aber das ist schon lange her, daß du sie kaum gekannt hast. Dafür hast du eine andere Mutter gefunden, die dich so liebt, wie eine wahre – und du hast ja zeither keine Klage wegen der Verstorbenen gethan. Daß wir jezt scheiden müssen, ist sehr, sehr traurig; aber versündige dich nicht an Gott, Victor, der uns die Prüfung auferlegt hat. Trage sie ohne Murren – ich trug sie auch schon den ganzen Tag her, und murrte nicht; ich hätte sie auch getragen, wenn du gar nicht mehr zu mir gekommen wärest, um mit mir zu reden."

„O Hanna, Hanna!"

„Und wenn du auch fort bist, werden wir sorgen, was wir dir schiken sollen, wir werden für dich bethen und ich werde alle Tage in den Garten gehen, und auf die Berge schauen, über die du fort gegangen bist."

„Nein, thue es nicht; sonst wäre es gar zu kläglich."

„Warum denn?"

„Weil doch alles nicht hilft – und weil es nicht das allein ist, daß ich scheiden muß und daß wir uns trennen müssen."

„Was ist denn?"

„Daß alles vorüber ist, und daß ich der einsamste Mensch auf Erden bin."

„Aber Victor, Victor."

„Ich werde nie heirathen – es kann nicht sein – – es wird nicht möglich werden. Du siehst also, ich werde keine Heimath haben, ich gehöre niemanden an; die Andern werden mich vergessen – und es ist gut. – Begreifst du es? – – Ich habe es nie gewußt, aber jezt ist es ganz klar – ganz klar. Siehst du es nicht? – – Warum schweigst du denn plözlich, Hanna?"

„Victor!"

„Was, Hanna?"

„Dachtest du schon?"

„Ich dachte."

„Nun?"

„Nun – nun – es ist ja alles vergeblich, alles umsonst."

„Bleibe ihr treu, Victor!"

„Ewig, ewig; aber es ist umsonst."

„Warum denn?"

„Ich sagte dir ja, daß mir mein Oheim das Gut, das einzige, was übrig blieb, nimmt. Sie ist wohlhabend, ich bin arm, und kann noch lange, lange Zeit kein Weib ernähren. Da wird einer um sie werben kommen, der sie ernähren, ihr schöne Kleider und Geschenke geben kann, und den wird sie nehmen."

„Nein, nein, nein, Victor, das thut sie nicht – das thut sie ewig nicht. Sie wird dich ihr ganzes Leben lang so lieben, wie du sie, und wird dich nicht verlassen, wie du sie nicht verläßst."

„O liebe, liebe Hanna!"

„Lieber Victor!"

„Und es wird gewiß eine Zeit kommen, wo ich wieder zurück komme – da werde ich nie ungeduldig werden, und wir werden leben, wie zwei Geschwister, die sich über alles, alles lieben, was nur immer diese Erde tragen kann, und die sich ewig, ewig treu bleiben werden."

„Ewig, ewig," sagte sie, indem sie rasch seine dargebothenen Hände ergriff.

Sie brachen in bitterliche Thränen aus.

Victor zog sie sanft gegen sich her, und sie folgte. Sie lehnte das Haupt und das Angesicht an das Tuch seines Rokes, und gleichsam als wären jezt bei ihr alle Schleußen recht geöffnet worden, weinte und schluchzte sie so sehr, als drükte es ihr das Herz ab, weil sie ihn verlieren müsse. Er legte den Arm um sie, wie beschüzend und beschwichtigend, und drükte sie an sein Herz. Er drükte sie immer fester, wie ein hilfloses Wesen. Sie schmiegte sich an ihn, wie an einen Bruder, der jezt gar so, gar so gut ist. Er streichelte mit der einen Hand über ihre Loken, die sie gescheitelt auf dem Haupte trug, dann beugte er sich nieder und küßte ihre Haare – aber sie hob ihr Angesicht zu ihm empor und küßte ihn so heiß auf seine Lippen, so heiß, wie sie nie gedacht hatte, daß sie etwas küssen könne.

Dann standen sie noch eine Weile und sprachen nichts.

Da kam der Gärtnerknabe und sagte, daß ihn die Mutter schike und ihnen sagen lasse, daß sie zu dem Abendessen kommen möchten.

Die seidenen Fleke, welche das Gespräch eingeleitet hatten, hielten sie noch immer in den Händen, aber sie waren verknittert, und manche waren von den Thränen Hannas naß. Sie nahmen daher dieselben zusammen, wie es sich eben fügen wollte und gingen Hand in Hand auf dem Gartenwege gegen das Haus. Als sie die Mutter kommen sah, und die rothgeweinten Augen ihrer Kinder erblikte, lächelte sie und ließ dieselben in die Stube treten.

Hier wurden die Gerichte aufgetragen, die Mutter legte jedem von den beiden vor, wie sie glaubte, daß es ihnen am liebsten sei, sie fragte nicht, was sie gesprochen haben, und so aßen die drei, wie sie an jedem Abende in aller bisher vergangenen Zeit gegessen hatten.

Hanna hatte sehr große braune Augen, die sich während dem Essen jeden Augenblik ohne Anlaß mit Thränen füllen wollten.

Als man fertig war, und ehe man sich zum Schlafengehen anschikte, mußte noch Hannas Geschenk herbei gebracht werden. Es war eine Brieftasche, die mit schneeweißer Seide gefüttert war und schon das Reisegeld enthielt, das die Mutter hinein gelegt hatte.

„Das Geld thue ich heraus," sagte Victor, „und hebe mir die Brieftasche auf."

„Nein, nein," sagte die Mutter, „das Geld lasse drinnen; siehst du, wie schön die gedrukten feinen Papiere in der weißen Seide ruhen. Nebst andern Dingen muß dich Hanna auch immer mit Brieftaschen versehen."

„Ich werde sehr darauf Acht haben," antwortete Victor.

Die Mutter schloß nun mit dem winzig kleinen Schlüsselchen das Fach der Brieftasche zu, in welchem das Geld war, und zeigte ihm, wie man das Schlüsselchen berge.

Hierauf trieb sie zum Schlafengehen.

„Lasse das, lasse das," sagte sie, als sie Victor anmerkte, daß er für das Reisegeld danken wolle, „gehet nun zu Bette. Um fünf Uhr des Morgens mußt du schon auf den Bergen sein, Victor. Ich habe gesorgt, daß uns der Knecht bei rechter Zeit weke, wenn ich mich etwa selber verschlafen sollte. Du mußt noch ein recht gutes Frühmal einnehmen, ehe du fort gehst. – So, Kinder, gute Nacht, schlafet wohl."

Sie hatte während dieser Worte, wie sie es jeden Abend that, zwei Kerzen für die Kinder angezündet, jedes nahm die seine von dem Tische, wünschte der Mutter eine ehrerbietige gute Nacht, und begab sich auf seine Stube.

Victor konnte noch nicht sein Lager suchen. Die vielen unordentlichen Schatten, die die herumstehenden Dinge warfen, machten das Zimmer unwirthlich. Er ging an ein Fenster und sah hinaus. Der Hollunderstrauch war ein schwarzer Klumpen geworden, und das Wasser war gar nicht mehr sichtbar: eine lichtlose Tafel war an der Stelle, wo es fließen sollte – nur ein von Zeit zu Zeit aufzukender Funke zeigte, daß es da war und sich bewege. Als alle Stimmen des Hauses und des Dorfes verstummt waren, zeugte auch ein leises, leises Rieseln, das bei dem offenen Fenster hereinkam, von dem Freunde, der so viele Jahre an dem Lager des Jünglings vorbei geronnen war. Viele tausend Sterne brannten an dem Himmel, aber es erglomm nicht ein einziger, nicht der schmalste Sichelstreifen des Mondes.

Victor legte sich endlich auf das Bett, um die lezte Nacht hier zu verschlafen, und den Morgen zu erwarten, der ihn vielleicht auf immer fortführen sollte, wo er, seit er denken konnte, sein Leben zugebracht hatte.

Dieser Morgen kam sehr bald! Als Victor noch kaum geglaubt hatte, die ersten erquikenden Athemzüge des Schlafes gethan zu haben, klopfte es leise an seine Thüre, und die Stimme der Mutter, die keinen Knecht zum Aufweken bedurft hatte, ließ sich vernehmen: „Vier Uhr ist es, Victor, kleide dich an, vergiß nichts, und komme dann hinunter. Hörst du es?"

„Ich höre es, Mutter."

Sie ging wieder die Treppe hinab; er aber sprang von seinem Lager empor. In der doppelten Beklemmung, der des Schmerzes und der der Reiseerwartung kleidete er sich an, und ging in das Speisezimmer hinunter. Im Morgengrauen stand schon ein Frühmal auf dem Tische – man hatte nie ein so frühes verzehrt. Schweigend aß man davon. Die Mutter sah fast unverwandt Victor an; Hanna getraute sich nicht ihre Augen auf irgend etwas empor zu heben. Victor hörte bald zu essen auf. Er erhob sich von seinem Stuhle, und nahm sich zusammen. Er ging ein par Male in dem Zimmer herum, und dann sagte er: „Mutter, es wird gerade Zeit sein; ich gehe."

Er nahm das Ränzchen über die Schultern, und zog die Riemen fest, daß es gut saß. Dann nahm er den Hut, griff an die Brust, ob er die Brieftasche habe, und untersuchte, ob er überhaupt nichts vergesse. Da dieses vorüber war, ging er gegen die Mutter, die mit Hanna aufgestanden war, und sagte: „Ich danke euch für alles, liebe Mutter – –"

Mehr konnte er kaum über die Lippen bringen, und sie ließ ihn auch nicht reden. Sie führte ihn zu dem Weihwasser an die Thür, besprizte ihn mit ein paar Tropfen, machte ihm das Zeichen des Kreuzes auf Stirne, Mund und Brust, und sagte: „So, mein Kind, gehe jezt ruhig fort. Sei gut, wie du bisher gut gewesen bist, und behalte das weiche, sanfte Herz. Schreibe oft, und verschweige nicht, wenn du etwas brauchst. Gott wird deine Wege schon segnen, die du gehst, weil du stets so folgsam gewesen bist."

Bei diesen Worten träufelten ihr die Thränen hervor, und sie rührte nur mehr die Lippen und konnte nichts sagen.

Nach einem Weilchen ermannte sie sich wieder und sprach: „Die Kisten, welche noch oben sind, und den Koffer wirst du schon gut an dem Bestimmungsorte deines Amtes vorfinden, wenn du dort eintriffst. Halte Vorsicht auf das Geld und auf die Empfehlungsbriefe, welche dir der Vormund gab, erhize dich nicht und trinke nicht kalt. Es wird alles gut werden. Das Fortgehen ist auch nicht so böse, und du findest überall gute Leute, die dir geneigt sein werden. Wenn ich nicht so lange an unsere

Berge und an den Apfelbaum gewohnt wäre, so ginge ich mit Freuden in die Fremde. Und so lebe wohl, mein Victor, lebe wohl."

Sie hatte ihn bei diesen Worten auf die Wangen geküßt. Ganz stumm reichte er die Hand an die vor Thränen vergehende Hanna, und ging hinaus. Vor der Thür standen noch die Dienstleute und der Gärtner. Ohne zu sprechen gab er rechts und links die Hand – sie gingen aus einander, und er schlug den schmalen Gartenweg gegen das Pförtchen ein.

„Wie er schön ist," brach die Mutter fast laut weinend aus, da sie ihm mit Hanna nach sah, „wie er schön ist, die braunen Haare, der schöne Gang, die liebliche, die unbeschüzte Jugend. Ach mein Gott!"

Und die Thränen rannen ihr an den nassen Händen herunter, die sie vor das Angesicht und vor die Augen hielt.

„Du hast einmal zu mir und Victor gesagt," sprach Hanna, „daß dich niemand mehr aus Schmerz weinen sehen wird – und nun weinst du doch aus Schmerz, Mutter."

„Nein, mein Kind," antwortete die Mutter, „das sind Freudenthränen, daß er so geworden ist, wie er ist. Es ist doch sonderbar: er hat seinen Vater gar nicht gekannt, und wie er da hinaus ging, hatte er das Haupt, den Gang und die Haltung seines Vaters. Er wird schon gut werden, und meine Thränen, mein Kind, sind Freudenthränen."

„Ach die meinen nicht, die meinen nicht," sagte Hanna, indem sie ihr Tuch neuerdings vor die unersättlich schmerzlichen Augen hielt.

Victor war unterdessen durch das Pförtchen hinaus gegangen. Er ging an dem großen Fliederbusch vorbei, er ging über die beiden Stege, an den vielen durch so lange Jahre bekannten Obstbäumen vorüber, und stieg gegen die Wiesen und gegen die Felder hinan. Auf dieser Höhe blieb er ein wenig stehen, und da er unter den schwachen undeutlichen Tönen des Dorfes auch das wüthende Heulen des Spizes vernahm, den man hatte fangen und anbinden müssen, damit er nicht mit gehe: so brachen auf einmal die siedenden Thränen hervor, und er rief fast laut in die Lüfte: „Wo werde ich denn wieder eine solche Mutter finden und solche

Geschöpfe, die mich so lieben? – – Vorgestern eilte ich so sehr aus der Stadt heraus, um noch einige Stunden in dem Thale zuzubringen, und heute gehe ich fort, um alle, alle Zeit anders wo zu sein."

Da er endlich an eine Stelle gekommen war, die nicht mehr weit von der höchsten Schneide des Berges entfernt war, schaute er noch einmal, das leztemal, zurük. Das Haus konnte er noch erkennen, eben so den Garten und die Planke. Im Grünen sah er etwas, das so roth war, wie Hannas Tuch. Aber es war nur das Dächelchen eines Schornsteins.

Dann ging er noch die Streke bis zu der Bergschneide empor – er blikte doch wieder um – ein glänzend schöner Tag lag über dem ganzen Thale. – – Hierauf ging er die wenigen Schritte um die Kuppe herum, und alles war hinter ihm verschwunden, und ein neues Thal und eine neue Luft war vor seinen Augen. Die Sonne war indessen schon ziemlich weit herauf gekommen, troknete die Gräser und seine Thränen, und senkte ihre wärmeren Strahlen auf die Länder. Er ging schief an dem Berghange fort, und da er nach einer Weile seine Uhr hervorgezogen hatte, zeigte sie halb acht.

„Jezt wird das Bettgestelle schon leer da stehen," dachte er, „das lezte Geräthe, das mir blieb. Die Linnen werden heraus genommen sein, und das ungastliche Holz wird hervor bliken. Oder vielleicht arbeiten die Mägde schon in meinem Gemache, um ihm eine ganz andere Gestalt zu geben."

Und dann wandelte er weiter.

Er kam immer höher empor, der Raum legte sich zwischen ihn und das Haus, das er verlassen hatte, und die Zeit legte sich zwischen seine jezigen Gedanken und die lezten Worte, die er in dem Hause geredet hatte. Sein Weg führte ihn stets an Berghängen hin, über die er nie gegangen war – bald kam er aufwärts, bald abwärts, im Ganzen aber immer höher. Es war ihm lieb, daß er nicht mehr in die Stadt hatte gehen müssen, um sich zu beurlauben, weil er die Bekannten heute nicht gerne gesehen hätte. Die Meierhöfe und Wohnungen, die ihm aufstießen, lagen bald rechts, bald links von seinem Wege – hie und da ging ein Mensch und achtete seiner nicht.

Der Mittag zog herauf und er wandelte fort und fort.

Die Welt wurde immer größer, wurde glänzender und wurde ringsum weiter, da er vorwärts schritt – und überall, wo er ging, waren tausend und tausend jubelnde Wesen.

## 4. Wanderung

Und noch größer und noch glänzender wurde die Welt, die tausend jubelnden Wesen waren überall, und Victor schritt von Berg zu Berg, von Thal zu Thal, den großen kindischen Schmerz im Herzen und die frischen staunenden Augen im Haupte tragend. Jeder Tag, den er ferne von der Heimath zubrachte, machte ihn fester und tüchtiger. Die unermeßliche Oede der Luft strich durch seine braunen Loken; die weißen wie Schnee glänzenden Wolken bauten sich hier auf, wie sie sich in seinem mütterlichen Thale aufgebaut hatten; seine schönen Wangen waren bereits dunkler gefärbt, das Ränzlein trug er auf seinem Rüken und den Reisestab in der Hand. Das einzige Wesen, das ihn an die Heimath band, war der alte Spiz, der furchtbar abgemagert neben ihm her lief. Am dritten Tage nach der Abreise war er ihm nehmlich unvermuthet und unbegreiflich nachgekommen. Victor ging eben in sehr früher Morgenstunde auf einem kühlen, breiten, feuchten Landwege durch einen Wald empor, als er umschauend, wie er es öfter zu thun pflegte, um sich an den Blizen der nassen Tannen zu ergözen, ein Ding gewahrte, das sich eilfertig gegen ihn heran bewegte. Aber wie staunte er, als die dunkle Kugel näher gekommen an ihm empor sprang und sich als den alten ehrlichen Spiz seiner Ziehmutter auswies. Aber in welchem Zustande war er: die schönen Haare hatten sich durch Koth verklebt und waren bis zur Haut hinein mit weißem Straßenstaube angefüllt, die Augen waren roth und entzündet; da er rasche Freudentöne ausstoßen wollte, konnte er nicht; denn seine Stimme war heiser geworden, und da er auch Freudensprünge versuchte, fiel er mit dem Hintergestelle in den Graben.

„Du armer lieber Spiz," sagte Victor, indem er sich zu ihm nieder kauerte; „siehst du nun, du altes thörichtes Haus, was du da für Unsinn unternommen hast?"

Aber der Spiz wedelte auf diese Worte, als hätte er das größte Lob empfangen.

Das erste, was der Jüngling that, war, daß er ihn mit einem Tuche etwas abwischte, damit er doch besser aussähe. Dann nahm er zwei Brode heraus, die er heute früh zu sich gestekt hatte, wenn ihm etwa ein Bettelmann begegnete, sezte sich auf einen Stein und begann sie dem Spize stükweise vorzuwerfen, der sie heißhungrig und eilig verschlang, und zulezt noch immer auf die Hände des Jünglings schaute, als diese schon längstens leer waren.

„Jezt habe ich nichts mehr," sagte Victor, „aber wenn wir zu dem ersten Bauernhause kommen, kaufen wir eine Schüssel Milch, die du ganz allein ausfressen darfst."

Der Spiz schien beruhigt, als hätte er die Worte verstanden.

Einige Schritte weiter weg, wo von einem mosigen Felsen ein dünnes Wasserfädlein herab rann, fing Victor in seinem ledernen Reisebecher, den ihm die Mutter gegeben hatte, so viel Wasser auf, bis er voll war, und wollte dem Spiz zu trinken geben. Allein dieser kostete nur ein wenig und schaute dann den Geber erwartend an; denn er war nicht durstig und mochte wohl aus allen den hundert Gräben und Bächen getrunken haben, über die er gekommen war.

Dann gingen sie mit einander weiter, und in dem ersten Wirthshause schrieb Victor einen Brief an die Mutter zurük, daß der Spiz bei ihm sei, und daß sie sich nicht kränken möge.

In Hinsicht der Milch hatte Victor redlich Wort gehalten. Auch sonst bekam der Spiz von nun an so viel, als er nur unterzubringen vermochte; allein, obgleich er auf diesem Wege in einem Tage mehr verzehrte, als zu

Hause kaum in dreien, so verfiel er doch durch die Nachwirkung der ungewohnten Anstrengung, die weiß Gott wie furchtbar gewesen sein mag, so sehr, daß er gleichsam nur mehr in seiner eigenen Haut hängend neben dem Jünglinge hertrabte.

„Es wird sich schon bessern, es wird sich schon bessern", dachte dieser, und sie schritten weiter.

Grübelig blieb es Victor immer, warum ihm denn das Thier gerade dieses eine Mal nachgekommen sei, da es doch sonst, wenn er auch Tage lang fort war, auf einen einfachen Befehl zu Hause geblieben sei und auf ihn gewartet habe. Aber dann schloß er nicht unrecht, daß der Spiz, dessen ganze Lebensaufgabe es war, das Thun und Lassen seines höheren Freundes, des Knaben, zu beobachten, ganz wohl gewußt habe, daß dieser nun auf immer fort gehe, und daß er darum das Aeußerste unternommen habe, um ihm zu folgen.

Und so schritten sie nun mit einander fort; über Hügel zu Hügeln, über Felder zu Feldern – und oft konnte man den Jüngling sehen, wie er an einem Wiesenbache den Hund wusch und ihn mit Gräsern und Laubwerk troknete – oft, wie sie ruhig neben einander gingen – und oft, wie der Hund neben seinem Herrn stand und die Augen zu ihm empor richtete, wenn dieser auf einer Anhöhe stille hielt und weit und breit über die Auen schaute, über die langen Streifen der Felder, über die dunkeln Fleken der Wäldchen und über die weißen Kirchthürme der Dörfer.

An dem Wege des Wanderers wallten oft die Wellen des Kornes, das jemanden gehören mußte, Zäune umgaben es, die jemand gezogen haben mußte, und Vögel flogen nach diesen und jenen Richtungen, wie nach verschiedenen Heimathen. Victor hatte seit Tagen mit keinem Menschen gesprochen, als wenn ihn etwa ein Fuhrmann oder ein Wanderer grüßte, oder der Wirth zum Abschiede das Käppchen lüftete und sagte: „Glükliche Reise – auf Wiedersehen."

Am achten Tage, nachdem er die Mutter und sein Thal verlassen hatte, kam er in eine Gegend, die ungleich mancher unwirthlichen, über die er bisher gewandert war, reinlich und wohlthätig über sanften Hügeln dahin lag, wieder den Wechsel der Obstwälder zeigte, wie zu Hause in seinem Thale, mit wohlhabenden Häusern geziert war, und kein handgroßes Stüklein aufwies, das nicht benüzt war, und auf dem nicht etwas wuchs. In dem weiten Grün dahin war der Silberblik eines Stromes, und ferne war ein gar so sanftes, fast sehnsuchtreiches Blau der Berge. Diese Berge hatte er schon lange an seiner Linken hinziehend gehabt, nun aber schwangen sie sich in einem Bogen näher gegen die Straße, und zeigten schon die mattfärbigen Lichter und Spalten in ihren Wänden.

„Wie weit ist es denn noch bis Attmaning?“ frug er einen Mann, der in der Gartenlaube eines Dorfwirthshauses saß, und einen kühlen Trunk that.

„Wenn ihr heute noch ein gutes Stük geht, so könnt ihr es morgen bei rechter Zeit erreichen,“ erwiederte dieser, „aber da müßt ihr den Steig nehmen und euch schon ob der Afel gegen das Gebirge schlagen.“

„Ich will eigentlich in die Hul.“

„In die Hul? – Da werdet ihr schlechte Aufnahme finden. Aber wenn ihr noch über die Grisel steigen wollt, rechts am See, da kommt ihr zu einem lustigen Hammerschmiede, den ich euch empfehlen kann, wo es schon ein anderes Geschike hat.“

„Ich muß aber in die Hul.“

„Nun da habt ihr von Attmaning noch drei schwache Stunden hinein.“

Victor hatte sich während des Gespräches zu dem Manne nieder gesezt, und sich und den Hund gelabt. Nachdem er mit seinem Nachbar noch einiges hin und her geredet hatte, machte er sich wieder auf, und ging an diesem Tage nach dem Rathe seines neuen Gönners noch ein gutes Stük, bis er zu der Afel kam, die ein blaues klar fließendes Wasser war. Am andern Tage, als kaum die erste Dämmerung leuchtete, sah man ihn schon auf dem von seinem Rathgeber angezeigten und von ihm näher erfragten Fußwege von der Straße ab gegen das Gebirge wandeln. Die riesigen hohen Lasten schritten immer näher gegen ihn, und zeigten im Laufe des Vormittages mannigfaltige, freundliche, schönfärbige

Zeichnungen. Rauschende Wässer begegneten ihm, Kohlbauern fuhren; manchmal ging schon ein Mann mit spizem Hute und Gemsbarte – und ehe es zwölf Uhr war, saß Victor bereits unter dem Ueberdache des Gasthauses zu Attmaning, wo er wieder zu der Straße gekommen war, und sah gegen die Gebirgsöffnung hinein, wo alles in blauen Lichtern flimmerte, und ein schmaler Wasserstreifen, wie ein Sensenbliz leuchtete.

Attmaning ist der lezte Ort des Hügellandes, wo es an das Hochgebirge stößt. Seine hellgrünen Bäume, die nahen Gebirge, sein spizer Kirchthurm und die sonnige Lage machen es zu dem lieblichsten Orte, den es nur immer auf unserer Erde geben kann.

Victor blieb bis gegen vier Uhr an seinem Gassentischchen – welcher Gebrauch ihn sehr freute – sizen und ergözte sich an dem Anblike dieser hohen Berge, an ihrer schönen blauen Farbe und an den duftigen wechselnden Lichtern darinnen. Dergleichen hatte er nie in seinem Leben gesehen. Was ist der größte mächtigste Berg seiner Heimath dagegen? Als es vier Uhr schlug, und die blauen Schatten allgemach längs ganzer Wände nieder sanken, und ihm die früher geschäzten Fernen derselben wunderlich verrükten, fragte er endlich, wohinaus die Hul liege.

„Da oben am See," sagte der Wirth, indem er auf die Oeffnung zeigte, auf welche Victor am Nachmittage so oft hingesehen hatte.

„Wollt ihr denn heute noch in die Hul?" fragte er nach einer Weile.

„Ja," sagte Victor, „und ich will die jezige kühle Abendzeit dazu benüzen."

„Da müßt ihr nicht säumen," erwiederte der Wirth, „und wenn ihr niemanden andern habt, so will ich euch meinen Buben durch das Holz geben, daß er euch dann weiter weise."

Victor meinte zwar keines Führers zu bedürfen; denn die Bergmündung stand ja so freundlich und nahe drüben: aber er ließ es dennoch geschehen, und richtete indessen seine hingelegten Reisesachen in Ordnung.

Seltsam war es ihm auch, daß die Leute, wenn sie von der Hul sprachen, immer „oben“ sagten, während für seine Augen die Berge dort so duftschön zusammen gingen, daß er den Wasserschein tief unten liegend erachtete; obwohl er anderseits auch sah, daß die Afel gerade von jener Gegend springend und schäumend gegen Attmaning daher kam.

„Geh, Rudi, führe den Herrn da auf den Hals hinauf, und zeige ihm dann in die Hul hinunter,“ rief der Wirth in das Haus hinein.

„Ja,“ tönte eine kindliche Stimme heraus.

Alsbald kam auch ein blondhariger, rothbakiger Bube zum Vorscheine, sah Victor mit freundlichen blauen Glozaugen an, und sagte: „So gehe, Herr.“

Victor hatte seine Rechnung berichtigt, und war zum Aufbruche fertig. Gleich von der Wirthsgasse aus verließ der Knabe mit ihm die Straße, und führte ihn seitwärts auf einem steinigen Wege zwischen dichte, riesig große Eichen und Ahornen hinein. Der Weg ging bald bergan, und Victor konnte manchmal durch die Wipfel der nach abwärts stehenden Bäume auf die Bergeslasten hinaus sehen, die immer ernster zusammen rükten, und desto dunkler wurden, je tiefer die Sonne stand, und die auch ein desto schöneres Blau gewannen, je glänzender und schimmeriger der Strahl des Abends das grüne Laub der Bäume an seiner Seite färbte. Endlich wurde der Wald ganz dicht, das Laubholz verlor sich, und die zwei Wanderer gingen in struppigem, undurchsichtigem Nadelwalde hin, der nur zuweilen durch herabgehende erstarrte Steinströme unterbrochen war. Victor hatte von Attmaning aus den Wald gar nicht gesehen, und hätte nie geglaubt, daß eine solche Wildniß zwischen ihm und dem schönen Wasserbliz liegen könne, der so nahe heraus gegrüßt hatte. Immer gingen sie fort. Stets glaubte Victor, jezt werde man bergab steigen, aber der Weg wikelte sich längs eines Hanges fort, der sich immer selber gebar, als rükte der Wald hinaus und schöbe auch den See vor sich her. Der Knabe lief barfuß auf dem spizigen Steingerölle neben ihm. Endlich, da fast zwei Stunden vergangen waren, blieb der kleine Führer stehen und sagte: „Da ist der Hals. Wenn du jezt diesen Weg da, nicht den andern, hinunter gehst, nehmlich an dem Bilde des gemarterten Gilbert vorbei, und um das Seeek herum, wo die vielen Steine herab gefallen sind, da wirst du Häuser sehen, die sind die Hul. Schaue nur immer durch die Zweige hinaus, daß du das Wasser siehst, weil auch ein Weg in den Afelschlag geht, der wäre gefehlt."

Diese Worte sagte der Knabe, und nachdem er von Victor einen Lohn empfangen hatte, lief er desselben Weges zurük, den er den Jüngling heran geführt hatte.

Der Plaz aber, von dem der Knabe so unbeachtend weg lief, als wäre er eben nichts, war für Victor von der unerwartetsten Wirkung. Die Gebirgsleute nennen häufig einen „Hals" einen mäßigen Bergrüken, der quer zwischen höheren läuft und sie verbindet. Da er immer auch zwei Thäler scheidet, so geschieht es nicht selten, daß, wenn man von dem einen langsam hinan steigt, man plözlich ohne Erwartung den überraschendsten Ueberblik in das andere hat. So war es auch hier. Der Wald hatte sich auseinander gerissen, der See lag dem Jünglinge zu Füßen, und alle Berge, die er von dem flachen Lande und Attmaning aus schon gesehen hatte, standen nun um das Wasser herum, so stille, klar und nahe, daß er darnach langen zu können vermeinte – aber dennoch waren ihre Wände nicht grau, sondern ihre Schluchten und Spalten waren von einem luftigen Blau umhüllt, und die Bäume standen wie kleine Hölzlein darauf, oder waren an andern gar nicht sichtbar, die schier mit einem ganz geglätteten Rande an dem Himmel hin strichen.

Nicht ein Häuschen, nicht einen Menschen, nicht ein einziges Thier sah Victor. Der See, den er von Attmaning aus als weiße Linie gesehen hatte, war hier weit und dunkel, nicht einen einzigen Lichtfunken, sondern nur das Dämmern der Schleiermauern, die ihn umstanden, gebend; und an den fernen Ufern lagen lichte Dinge, die er nicht kannte, und die sich blos in den ruhigen Wassern spiegelten.

Eine Weile stand Victor und betrachtete das Ding. Er empfand den Harzduft, und hörte aber nicht das Wehen des Nadelwaldes. Von Regung war gar nichts zu verspüren, man müßte nur das Weiterrüken des späten

Lichtes rechnen, das an dem Schwunge der Wände hinüber ging und sich die farbenkühlen Schatten folgen ließ.

Fast Furcht vor dieser Größe, die ihn hier umgab, im Herzen tragend, machte sich Victor daran, seinen Weg weiter zu verfolgen. Er ging den Pfad, den ihm der Knabe gezeigt hatte, hinunter. Die Berge sanken allgemach in den Wald, die Bäume nahmen ihn wieder auf, und wie es schon auf dem Halse gewesen war, daß der flache See gleichsam die Berge, die er säumte, hinaus zu rüken schien, damit das Auge das zarte Duftbild schauen könne, das sich von dem Grün der Tannennadeln hinaus warf, so blikte auch hier immer das dämmerige Gewebe von Berg und Wasser links durch die Baumäste herauf. So wie er beim Hinaufgehen gemeint hatte, der Berg nehme kein Ende, so ging er nun auch wieder unaufhörlich und sachte hinunter. Stets hatte er den See zur Linken, als sollte er die Hand eintauchen können, und stets konnte er ihn nicht erreichen. Endlich wich der lezte Baum hinter ihm zurük, und er stand wieder unten an der Afel, wo sie eben den See verließ und durch steilrechtes Geklippe fort eilte, nicht einmal einen handbreiten Saum lassend, daß man einen Pfad für wandelnde Menschen anlegen könnte. Victor meinte hundert Meilen von Attmaning entfernt zu sein, so einsam war es hier. Nichts war da, als er und das flache Wasser, das sich unaufhörlich und brausend in die Afel hinaus leerte. Hinter ihm stand der grüne stumme Wald, vor ihm war die schwanke Fläche, geschlossen durch eine blaue Wand, die sich tief ins Naß zu erstreken schien. Das einzige Werk von Menschenhand sah er in dem Stege, der über die Afel lag, und in einem Wasserbeschlage, durch den sie hindurch mußte. Langsam ging er über den Steg, und der Spiz mäuschenstille und zitternd hinter ihm her. Jenseits gingen sie auf Rasengrund neben Felsen. Bald war auch der Plaz zu erkennen, von dem der Knabe gesprochen hatte: eine Menge durcheinander geworfener Steine lag herum und erstrekte sich in den See hinaus, daß man leicht erkennen konnte, hier mochte ein Bergsturz stattgefunden haben. Victor bog um eine scharfe Bergeke, und sogleich lag auch die Hul vor ihm: fünf oder sechs graue Hütten, die nicht weit entfernt auf dem Seeufer hin standen, und von hohen grünen Bäumen umgeben waren. Auch der See, den ihm die vorspringende Eke früher verdekt hatte, erweiterte sich hier, und manche Berge und Wände, die sich ihm entzogen hatten, standen wieder da.

Als Victor zu den Häusern gekommen war, sah er, daß jedes mit einem Schoppen in den See hinaus ging, unter welchem angebundene Kähne lagen. Eine Kirche sah er nicht, aber auf einer der Hütten war ein Thürmchen aus vier roth angestrichenen Pfählen, zwischen denen eine Gloke hing.

„Ist hier nicht ein Ort, der Klause heißt?“ fragte er einen Greis, den er gleich an der ersten Hütte unter der Thür sizen fand.

„Ja,“ erwiederte der Greis, „auf der Insel ist die Klause.“

„Könnt ihr mir nicht sagen, wer mich dahin überführen möchte?“

„Jeder Mensch in der Hul könnte euch hinüber führen.“

„Also könntet ihr es auch thun?“

„Ja – aber ihr werdet nicht aufgenommen.“

„Ich bin in die Klause bestellt, und werde erwartet.“

„Wenn ihr Geschäfte dort habt, und bestellt seid, da ist es anders. Fahrt ihr gleich wieder zurük?“

„Nein.“

„So wartet hier ein wenig.“

Nach diesen Worten ging der Alte in die Hütte hinein, von der er aber bald wieder in Begleitung eines jungen, starken, rothwangigen Mädchens zurük kam, das sich daran machte, mit ihren entblößten Armen einen Kahn weiter in das Wasser hinaus zu schieben, während der Alte seinen Rok anzog und zwei Ruder herbei trug. Man hatte für Victor einen hölzernen Lehnsiz auf dem Kahne befestigt, auf den er sich niederließ, sein Ränzlein neben sich legend und den Kopf des Spizes haltend, der sich gegen seinen Schoß schmiegte. Der Alte hatte verkehrt sizend am Schiffsschnabel Plaz genommen, und das Mädchen stand im Hintertheile, das Ruder in der Hand haltend. Gleichzeitig von beiden geschah der erste

Schlag ins Wasser, der Kahn that einen Stoß, glitt in die weichen Fluthen hinaus, und schnitt bei jedem Ruderschlage rukweise weiter in die dunkler werdende säuselnde Fläche. Victor war nie auf einem so großen Wasser gefahren. Das Dorf zog sich zurük und die Wände um den See begannen sehr langsam zu wandern. Nach einer Weile strekte sich eine buschige Landzunge hervor, und wuchs immer mehr in das Wasser. Endlich riß dieselbe gar von dem Lande ab, und zeigte sich als eine Insel. Gegen diese Insel richteten die zwei Rudernden ihre Fahrt. Je näher man kam, desto deutlicher hob sie sich empor und desto breiter wurde der Raum, der sie von dem Lande trennte. Ein Berg hatte ihn früher gedekt. Man unterschied endlich sehr große Bäume auf ihr, Anfangs so, als wüchsen sie gerade aus dem Wasser empor, dann aber auf bedeutend hohem Felsenufer prangend, das fallrecht mit scharfen Klippen in die Fluth nieder ging. Hinter dem Grün dieser Bäume wanderte ein sanfter Berg, der von dem Abende lieblich geröthet war.

„Das ist die Grisel am jenseitigen Seeufer," sagte der Alte auf Victors Frage, „ein bedeutender Berg, der aber doch nicht gar so beschwerlich ist. Es geht ein Pfad über ihn hinüber in die Blumau und ins Gescheid, wo die Hammerschmiede sind."

Victor blikte den schönen Berg an, der so wandelte und in das Grün der Bäume sank, wie sie näher kamen.

Man war endlich in den grünen Widerschein gelangt, den die Baumlasten der Insel in das Wasser des Seees senkten, und fuhr in dem Raume desselben dahin. Da tönte von der Hul herüber das Glöklein, das zwischen den vier Pfählen hing, und forderte zum Abendgebete auf. Die zwei Schiffenden zogen sogleich ihre Ruder ein, und beteten still ihren Abendsegen, während der Kahn im Zuge gleichsam von selbst längs der grauen Felsen hin ging, die von der Insel in den See nieder standen. Auf den Bergen herum war hie und da ein irrendes Licht. Der See hatte sogar Streifen bekommen, deren einige glänzten, und selbst Funken empor warfen, obwohl die Sonne schon seit längerer Zeit untergegangen war. Ueber alles das kamen die fortwährenden emsigen Klänge des Glökleins herüber, gleichsam von unsichtbaren Händen tönend; denn die Hul war nicht zu sehen, und rings um den See war kein Fleklein, das nur entfernt einem menschlichen Aufenthalte ähnlich gesehen hätte.

„Im Kloster der Klause muß auch noch eine Gloke sein. Ich glaube, eine schöne Avegloke,“ sagte der Alte, nachdem er seine Müze wieder aufgesezt und das Ruder ergriffen hatte, „aber man läutet sie nie; ich wenigstens habe den Ton derselben nie gehört. Auch nicht einmal eine Uhr hört man schlagen. Mein Großvater hat gesagt, daß es sehr schön war, wenn in den vergangenen Tagen das ganze Geläute auf dem See lag – denn damals waren noch die Mönche – und wenn es in dem lichten Morgennebel daher tönte, ohne daß man wußte, woher es komme; denn ihr werdet gesehen haben, daß wir den Berg umfahren haben, und daß man von der Hul aus die Insel nicht sehen kann. Es ist der hohe Orla, dieser Berg, und zwei Mönche haben ihn einmal bei klafterhohem Schnee überstiegen, da der See gefroren war, aber nicht trug, und da sie keine Lebensmittel mehr hatten. Sie hieben mit den Knechten, die sie in dem Schiffe hatten, eine Straße in das Eis, daß der Kahn gehen konnte, und als sie an dem Berge waren, stiegen sie über den Gipfel in die Hul; denn zwischen dem Berge und dem See ist kein Fußweg möglich. Es sind seitdem wohl über hundert Jahre vergangen, und selten geschieht es, daß der See überall mit einer Deke von Eis überzogen ist.“

„Sind also einmal Mönche auf der Insel gewesen?“ fragte Victor.

„Ja,“ antwortete der Greis. „In sehr alter, alter Zeit sind fremde Mönche hieher gekommen, da noch gar kein Haus an dem ganzen See stand, und da noch nichts in ihm schwamm, als ein Baum, der von dem Felsen in ihm herab gefallen war. Sie sind auf Flössen von Tannenästen nach der Insel über gefahren und haben zuerst die Klause gebaut, aus der nach und nach das Kloster entstanden ist, und in späteren Jahren auch die Hul, wo christliche Leute fischten und zur Klause in die Messe fuhren; denn damals waren die Landesherren draußen noch ganz und gar Heiden, und sie schlugen mit ihren Knappen, die grausam und wild waren, die Priester todt, welche aus dem Schottenlande mit dem Kreuze herüber kamen, um zu bekehren. Auf der Insel, die sie sich suchten, fanden die Väter Schuz; denn ihr werdet es schon erkennen, daß diese Steine, die da nieder steigen, wie eine Festung sind. Es ist hier ein Schaum, wenn nur ein wenig Wind geht, daß er jedes Schiff in sich begraben kann. Nur an einer einzigen Stelle kann man landen, wo nehmlich die Felsen zurük weichen, und eine Oeffnung lassen, in der das Wasser gegen guten Sand ausläuft. Es sind daher die Väter geschüzt gewesen, so wie der alte Mann geschüzt ist, der sich die Insel zur Wohnung auserkohren hat. Aus dieser Ursache fischt man auch hier nur an ganz schönen und stillen Tagen, wie der heutige einer ist."

Während dieser Rede war man nach und nach eine geraume Streke an dem Ufer der Insel hin gefahren, und hatte sich dem Orte genähert, wo die Felsen niederer sind, und eine sanfte sandige Bucht bilden, die in abdachendes Waldland hinauf steigt. So wie die Ruderer diese Stelle gewannen, lenkten sie sogleich die Spize des Kahnes hinein, und ließen dieselbe gegen den Sand laufen. Der Alte stieg aus, zog das Schiffchen an der Kette des Schnabels noch weiter gegen das Land, damit Victor trokenen Fußes aussteigen konnte. Dieser schritt über den Schiffschnabel hinaus, und der Spiz sprang ihm nach.

„Wenn ihr nun diesen Pfad, der sich da gleich zeigen wird, fort geht," sagte der Greis, „so werdet ihr in die Klause kommen. Es ist zwar auch ein sehr starkes Bohlenhaus auf der Griselseite, das die Mönche einmal in den absteigenden Felsen zur Aufnahme ihrer Schiffe gebaut haben, aber man kann dort nicht einfahren, weil die Bohlen immer geschlossen sind. Gott behüte euch nun, junger Herr – und wenn ihr euch nicht zu lange aufhaltet, und wenn der Eigenthümer der Klause euch zur Ueberfahrt keinen Kahn gibt, so laßt mir nur durch den alten Christoph Nachricht zukommen, und ich werde euch an diesem Plaze wieder abholen. In der Klause haben sie nicht allemal Zeit, ein Schiff abzusenden."

Victor hatte indessen das bedungene Ueberfahrtsgeld aus seiner kleinen Börse hervor gesucht, und es dem Manne gereicht. Hierauf sagte er zu ihm: „Lebt wohl, alter Freund, und wenn ihr es erlaubt, so werde ich bei der Rükfahrt ein wenig in eurem Hause einsprechen, und ihr werdet mir vielleicht noch etwas von euren alten Geschichten erzählen."

Zu dem Mädchen, das unbeweglich in dem Hintertheile stehen geblieben war, getraute er sich nicht etwas zu sagen.

Der Greis aber antwortete: „Ei, wie werden denn meine Geschichten einem so jungen und gelehrten Herrn gefallen können?"

„Vielleicht mehr, als ihr euch denkt, und mehr, als die, die aus den Büchern heraus zu lesen sind," sagte Victor.

Der alte Mann lächelte, weil ihm die Antwort gefiel, aber er sagte nichts darauf, sondern bükte sich nieder, rollte die kurze Kette in den Schiffschnabel zurük und machte Anstalt zum Abfahren.

„Nun in Gottes Namen, junger Herr," sagte er noch, gab dem Schiffe mit dem Fuße einen Stoß, sprang schnell in dasselbe ein, und das getroffene Fahrzeug schwankte in das Wasser zurük. Nach wenigen Augenbliken sah Victor schon die beiden Ruder taktmäßig steigen und fallen, und das Schiff schob sich in den Wasserspiegel hinaus.

Er stieg mit einigen Schritten das Ufer vollends hinan, bis er von dem oberen Rande weit über den See schauen konnte. Er blikte den Abfahrenden nach, und sagte zu seinem Begleiter, gleichsam als wäre er vernünftig und könnte die Worte verstehen: „Gott sei gedankt, da wären wir an dem Ziele unserer Wanderung. Der Herr hat uns gut und wohlbehalten geführt, das andere mag sich fügen, wie es will."

Er that noch einen Blik in die weite, schöne, von dem Abende andunkelnde Fläche des Seees hinaus, dann wendete er sich um und ging dem Pfade nach, der vor ihm lag, in die Büsche hinein.

Der Weg ging Anfangs noch immer bergan zwischen Gebüsch und Laubbäumen hindurch – dann aber führte er eben hin. Das Gestrippe hatte aufgehört, und nur mehr ungemein starke Ahorne standen auf einer dunkeln Wiese fast nach einer gewissen Ordnung und Regel umher. Es war unverkennbar, daß hier einmal eine gute Fahrstraße gegangen war, aber sie war verkümmert, und überall von wucherndem Krüppelgesträuche eingeengt. Victor ging durch den seltsamen Ahorngarten hindurch. Hierauf gelangte er durch neuerdings beginnendes Buschwerk an einen sonderbaren Ort. Er war wie eine Wiese, auf der kleine und zum Theile verkommene Obstbäume standen. Aber mitten unter diesen Bäumen war in dem Grase eine runde steinerne Brunneneinfassung, und allenthalben zwischen den Baumstämmen standen graue steinerne Zwerge, welche Dudelsäke, Leiern, Klarinetten und überhaupt musikalische Geräthschaften in den Händen hielten. Manche davon waren verstümmelt, und es ging auch kein Weg oder gebahnter Plaz von einem zum andern, sondern sie standen lediglich in dem hohen emporstrebenden Grase. Victor schaute diese seltsame Welt eine Weile an, dann strebte er weiter. Sein Weg ging von diesem Garten über eine alte Steintreppe in einen Graben hinab, und jenseits wieder hinauf. Wie überall Gebüsche war, so war es auch hier, aber hinter dem Gebüsche sah Victor eine hohe fensterlose Mauer, in welcher ein Eisengitter stand, an dem der Weg endete.

Victor schloß nicht mit Unrecht, daß hier der Eingang in die Klause sein müsse, und er näherte sich deßhalb dem Gitter. Als er angekommen war, fand er es verschlossen, und es war keine Gloke und kein Klöppel daran. Daß hier der Eingang in das Haus sei, zeigte sich nun deutlich. Hinter dem Eisengitter war ein geebneter, sandiger Plaz, auf welchem Blumen standen. An dem Plaze war ein Haus, von dem aber nur der Vordertheil sichtbar war, während der Hintertheil sich hinter Gebüsche verlief. Unmittelbar von dem Sandplaze ging eine hölzerne Treppe in das erste Geschoß des Hauses hinauf. Jenseits des Plazes, der abermals mit Gebüschen gesäumt war, mußte wieder der See beginnen; denn es war hinter dem Grün der feine sanfte Dunst, der gerne über Bergwässern ist, und es stiegen die röthlich schimmernden Wände der Grisel hinan.

Während Victor so durch die Eisenstäbe hinein schaute, und an ihnen allerlei Versuche machte, ob er nicht eine Vorrichtung fände, durch die das Gitter aufgehe, trat ein alter Mann aus dem Gebüsche, und sah nach Victor hin.

„Habt die Freundschaft," sagte dieser, „öffnet mir das Thor und führt mich zu dem Herrn des Hauses, wenn nehmlich dieses Gebäude die Klause heißt."

Der Mann sagte auf die Worte nichts, sondern ging näher, schaute Victor eine Weile an, und fragte dann: „Bist du zu Fusse gekommen?“

„Bis zu der Hul bin ich zu Fusse gegangen,“ antwortete Victor.

„Ist es aber auch wahr?“

Victor wurde glühend roth im Angesichte; denn er hatte nie gelogen.

„Wenn es nicht so wäre,“ antwortete er, „so würde ich es nicht sagen. Wenn ihr mein Oheim seid, wie es fast scheint, so habe ich hier einen Brief von meinem Vormunde, der euch darthun wird, wer ich bin, und daß ich nur auf euer ausdrükliches Verlangen die Fußreise hieher angetreten habe.“

Mit diesen Worten zog der Jüngling das reinlich erhaltene Schreiben, wie es ihm seine Ziehmutter anbefohlen hatte, hervor, und reichte es zwischen den Eisenstäben hinein.

Der alte Mann nahm das Schreiben und stekte es ungelesen ein.

„Dein Vormund ist ein Narr, und ein beschränkter Mensch,“ sagte er, „ich sehe, daß du deinem Vater ganz und gar gleich siehst, da er anhob, die Streiche zu machen. Ich habe dich schon über den See fahren gesehen.“

Victor, der in seinem Leben keine rüksichtslosen Worte gehört hatte, war stumm, und wartete nur, daß der andere das Gitter öffnen werde.

Dieser aber sagte: „Nimm eine Schnur mit einem Steine, und ertränke diesen Hund in dem See, dann komme wieder hieher, ich werde derweilen öffnen.“

„Wen soll ich ertränken?“ fragte Victor.

„Nun den Hund, den du da mitgezogen.“

„Und wenn ich es nicht thue?“

„So öffne ich dir diese Pforte nicht.“

„So komme, Spiz,“ sagte Victor.

Er kehrte sich bei diesen Worten um, lief über die Treppe in den Graben, stieg jenseits empor, lief durch den Zwerggarten, durch die Ahornanlage, durch das folgende Gestrippe, und langte an der Seebucht an, mit allen Kräften, deren sein Körper fähig war, hinaus rufend: „Schiffer! – alter Schiffer!“

Aber es war unmöglich, daß ihn dieser hören konnte. Den Knall eines Scheibengewehres hätte man in dieser Entfernung nicht mehr vernommen. Wie eine schwarze Fliege stand das Schiffchen neben der dunkeln Fußspize des Orlaberges, die weit in den Abendglanz des Seees hinaus stach. Victor nahm sein Saktuch hervor, knüpfte es an seinen Stab, und that allerlei Schwenkungen in die Luft, damit er gesehen würde. Allein man sah ihn nicht, und zulezt, wie er noch immer schwenkte, war auch die schwarze Fliege um die Bergspize verschwunden. Der See war ganz leer und nur die leise schäumende Brandung sah Victor im Abendwinde, der sich indessen gehoben hatte, längs den Felsen der Insel spielen.

„Es thut nichts – es thut auch nichts,“ sagte er, „komme, Spiz, wir werden uns da am Ufer ins Gebüsche sezen, und die Nacht über sizen bleiben. Morgen zeigt sich wohl ein Kahn, den wir herzu winken werden.“

Was er sagte, that er auch. Er suchte eine Stelle, wo das Gras des Rasens kurz und troken war, und wo die Büsche dicht überhingen, ohne ihm die Aussicht auf den See zu benehmen.

„Siehst du,“ sagte er, „wie es gut ist, wenn man täglich früh Morgens etwas zu sich stekt. Du erprobest es auf dieser Reise schon zum zweiten Male.“

Bei diesen Worten zog er die zwei Brode heraus, die er heute früh in dem Afelwirthshause mitgenommen hatte, und begann theils selber davon zu essen, theils den Hund damit zu füttern. Da dieses Geschäft vollendet war, saß der Wanderer, der das Ziel seiner Reise erreicht zu haben glaubte, heute zum ersten Male in der einfachen Herberge des freien Himmels, und schaute die Gegenstände um sich herum an. Die Berge, die schönen Berge, die ihm, da er gegen sie heran kam, gar so sehr gefallen hatten, wurden immer schwärzer, und legten drohende dunkle und zersplitterte Fleke auf den See, auf welchem noch das Blaßgold des Abendhimmels lag, das selbst in den dunklen Bergspieglungen zuweilen aufzukte. Und immer sonderbarer, in die Schatten der Nacht sich hüllend, wurden die Gegenstände um ihn herum. Die Schlaken und das schwache Gold des Seees rührten sich und floßen öfters durcheinander, zum Zeichen, daß ein sanfter Luftzug dort herrschen müsse. Victors Auge, freilich nur an die schönen heiteren Eindrüke des Tages gewöhnt, konnte sich doch auch nicht wegwenden von diesem allmäligen Verfärben der Dinge und von dem Einhüllen zur Ruhe der Nacht. Die große Ermüdung seiner Glieder ließ ihm das Sizen auf dem weichen Grase und geschüzt von den dekenden Gesträuchen recht angenehm erscheinen. Er saß mit dem Spize an seiner Seite so lange, bis endlich das Dunkel mit immer größerer Schnelligkeit sich über See, Gebirge und Himmel webte. Dann beschloß er, sich nieder zu legen. Er machte alle Knöpfe seines Rokes zu, wie es ihn die Ziehmutter gelehrt hatte, daß er sich nicht verkühle – er band das Halstuch, das er unter Tags abgethan hatte, wieder um – er that sein Regenmäntelchen aus Wachstaffet heraus, und nahm es über – dann richtete er sich das Ränzchen als Kissen, und legte das Haupt darauf, da die Finsterniß schon wie eine Mauer um ihn stand. Das Begehren nach Schlummer zog sich, da er lag, bald durch alle seine ermüdeten Glieder. Die Gesträuche flüsterten, da sich das Lüftchen von dem See bis hieher gezogen hatte, und die Brandung murmelte deutlich von Wand zu Wand.

In diese Eindrüke, deren Wirkungen immer schwächer wurden, versanken seine Sinne, und das Bewußtsein wollte eben verschwinden, als er durch ein leises Knurren seines Hundes gewekt wurde. Er schlug die Augen auf – da stand einige Schritte vor ihm dicht am Landungsplaze eine menschliche Gestalt sich dunkel gegen das schillernde Wasser des Seees werfend. Victor strengte seine Augen an, mehr von der Gestalt zu erkennen, aber die Umrisse zeigten nur, daß sie ein Mann sei, und es ließ sich nicht ermitteln, ob jung oder alt. Die Gestalt stand ganz ruhig, und schien unverwandt auf das Wasser hinaus zu schauen. Victor richtete sich zu sizender Stellung empor, und blieb ebenfalls ruhig. Auf ein neues stärkeres Knurren des Hundes drehte sich die Gestalt plözlich um und rief: „Seid ihr da, junger Herr?“

„Ein junger Wandersmann mit seinem Hunde ist da,“ sagte Victor, „was wollt ihr?“

„Daß ihr zum Abendessen kommt, denn die Stunde ist fast schon vorüber.“

„Zum Abendessen? – zu wessen Abendessen? – und wer ist es, den ihr suchet?“

„Ich suche unsern Neffen; denn der Oheim wartet schon eine Viertelstunde.“

„Seid ihr sein Gesellschafter, oder sein Freund?“

„Ich bin sein Diener, Namens Christoph.“

„Des Herrn der Klause, meines Oheims?“

„Des nehmlichen. Er hat die Anzeige eurer Herreise erhalten.“

„Nun so sagt ihm,“ sprach Victor, „daß ich hier die ganze Nacht sizen will, und daß ich mir eher einen Stein um den Hals hängen und mich in den See werfen lasse, als daß ich den Hund ertränke, der mit mir ist.“

„Ich werde es ihm sagen.“

Mit diesen Worten kehrte sich der Mann um, und wollte fortgehen.

Victor rief ihm noch ein Mal nach: „Christoph, Christoph.“

„Was wollt ihr, junger Herr?“

„Ist kein anderes Haus, oder eine Hütte, oder sonst ein Ding auf der Insel, in welchem man übernachten könnte?“

„Nein, es ist nichts da,“ antwortete der Diener, „das alte Kloster ist zugesperrt, die Kirche auch, die Speicher sind mit altem Geräthe vollgepfropft, ebenfalls verschlossen, und sonst ist nichts da.“

„Es ist auch gut,“ sprach Victor, „das Haus meines Oheims besuche ich durchaus nicht – von diesem Hause verlange ich keinen Schuz. – – Mir däucht, der alte Schiffmann, der mich herüber geführt hat, hat euren Namen genannt, und hat gesagt, daß ihr manchmal in die Hul hinaus kämet.“

„Ich hole unsere Lebensmittel und andere Dinge herüber.“

„So hört mich an, ich will euch euren Fährlohn reichlich zahlen, wenn ihr mich heute noch in die Hul hinüber schifft.“

„Und wenn ihr noch mehr zahltet, als ich verlangen wollte, so wäre es dreimal unmöglich. Erstens stehen alle Kähne in dem Bohlenverschluße, das Thor ist gesperrt, und jeder Kahn liegt noch mit einem Schlosse an seinem Balken angeschlossen, wovon ich keinen Schlüssel habe. Zweitens, wenn auch ein Kahn wäre, so wäre kein Fährmann. Ich werde es euch erklären. Seht ihr dort gegen den Orla zu die weißen Fleke, die auf dem See sind. Das sind Nebelfleken, die gleichsam auf den Steinen des Orlaufers sizen. Wir heißen sie die Gänse. Und wenn die Gänse einmal in einer Reihe da sizen, dann kömmt Nebel. Wenn die Abendwehe, das ist der Wind, der nach jedem Sonnenuntergange aus den Schluchten auf den See heraus geht, aufhört, dann ist in einer halben Stunde der See mit Nebel angefüllt, und da kann man nicht wissen, wohin ein Kahn zu leiten ist. Unter dem Wasser laufen die Gebirgsgrate hin, die oft nur ein wenig bedekt sind. Wenn man zu einem solchen Grate geriethe, und ein Lek in das Schiff stieße, da müßte man aussteigen und in dem Wasser stehen bleiben, bis man am Tage von jemanden gesehen

würde. Aber man würde von niemanden gesehen, weil die Fischer niemals zu den Gebirgsgraten hinzufahren. Begreifet ihr das, junger Herr?“

„Ja, ich begreife es,“ antwortete Victor.

„Und zum Dritten kann ich euch nicht überführen, weil ich sonst ein ungetreuer Diener wäre. Der Herr hat mir keinen Auftrag gegeben, euch in die Hul zu führen, und wenn er dies nicht thut, so führe ich euch nicht über.“

„Gut," antwortete Victor, „so bleibe ich hier so lange sizen, bis morgen ein Fahrzeug so nahe kömmt, daß ich es herzu zu winken vermag."

„Es kömmt aber kein Fahrzeug so nahe," erwiederte der Diener; „es ist über unseren See kein Warenzug, weil der einzige Weg, der vom andern Ufer weiter führt, nur ein Fußweg über die Grisel ist, und die Wanderer zu diesem Fußwege an dem unserer Insel entgegengesezten Seeufer hinfahren. Dann ist die Brandung an den Gestaden der Insel so groß, daß sich wenige Fische da aufhalten, und selten Fischerbote so nahe kommen. Es könnten acht oder mehr Tage vergehen, ehe ihr eines seht."

„So muß mich morgen mein Oheim in die Hul zurük führen lassen, weil ich auf sein Verlangen hieher gekommen bin, und weil ich nicht mehr länger da bleiben will," sagte Victor.

„Es kann sein, daß er es thut," antwortete der Diener, „ich weiß das nicht; aber jezt wartet er mit dem Abendessen auf euch."

„Wie kann er warten," sagte Victor, „da er gemeint hat, ich solle meinen Spiz ertränken, da er gesagt hat, daß er nicht öffnen wolle, wenn ich es nicht thue, und da er mich hierauf fort gehen sah, und mich nicht zurük gerufen hat."

„Das weiß ich alles nicht," erwiederte Christoph, „aber eure Ankunft ist in der Klause bekannt, und es war auf dem Tische für euch gedekt. Der Herr hat mir aufgetragen, euch zu rufen, weil ihr die Eßstunde nicht wißt, sonst hat er nichts gesagt. Weil ich es aber gesehen habe, wie ihr von dem Eisengitter fortgelaufen seid, so dachte ich gleich, als er mir den Auftrag gab, euch zum Essen zu rufen, ich müsse an diesen Ort gehen, ich würde euch hier finden. Anfangs, da ich euch nicht sah, meinte ich gar, ihr seid gleich wieder über das Wasser davongefahren, aber es war ja nicht möglich, der Mann, der euch gebracht hat, muß ja schon um die Orlaspize zurük gewesen sein, als ihr hieher wieder zurük kamet."

Als Victor hierauf nichts erwiederte, stand der Mann noch ein Weilchen, dann sagte er wieder: „Der Herr wird gewiß bereits zu essen begonnen haben; denn er hat seine festgesezten Stunden und geht davon nicht ab."

„Das ist mir eine gleichgültige Sache," antwortete Victor, „er mag essen und sich sättigen, von seinem Male verlange ich nichts; denn ich und mein Spiz haben unsere Brode, die ich mir aufgehoben habe, schon verzehrt."

„Nun so muß ich also gehen, und ihm das melden," sprach der Diener weiter, – „aber das müßt ihr bedenken, daß ihr, wie ihr vorher selber sagtet, gekommen seid, weil es der Oheim begehrt hat, daß er also mit euch zu sprechen wünscht, und daß ihr das selber unmöglich macht, wenn ihr in dem Gebiethe seines Hauses unter freiem Himmel sizen bleibt."

„Ich wollte zu ihm gehen," erwiederte Victor, „ich wollte mit ihm sprechen, und ihn ehrerbiethig grüßen, die Mutter hat mir auch gesagt, daß es gut sei, und der Vormund hat es auch befohlen – aber ehe ich dem Thiere, das mich mit Lebensgefahr aufgesucht und begleitet hat, etwas zu Leide thun lasse, will ich selber eher Verwundung und Tod ertragen."

„Es wird dem Thiere nichts geschehen," sagte Christoph, „der Herr hat euch nur einen guten Rath gegeben; wenn ihr ihn nicht befolgt, so kümmert es ihn nicht. Er denkt gewiß nicht mehr darauf; denn sonst hätte er mich ja nicht geschikt, euch zum Essen zu holen."

„Wenn ihr mir verbürgen könnt, daß dem Hunde nichts geschieht, so will ich mit euch gehen," sagte Victor.

„Das kann ich euch verbürgen," antwortete der Diener, „der Herr vergaß der Geringfügigkeit eines Hundes, und wird ihm nichts anhaben."

„So komme, lieber Spiz," sagte Victor, indem er aufstand.

Er suchte gleichsam mit zitternden Händen eine Schnur aus seinem Ränzlein hervor, dergleichen er immer zu verschiedenen Dingen im Vorrathe mit zu führen pflegte, und befestigte dieselbe an dem Ringe des Halsbandes, das der Spiz trug. Hierauf nahm er das Ränzlein auf die Schulter, hob seinen Reisestab vom Boden auf, und folgte dem alten Christoph, der ihn den nehmlichen Weg führte, den er in der Abenddämmerung gegangen, und dann wieder zurük gelaufen war. Er wäre in der Nacht schwer zu finden gewesen, wenn nicht der alte

Christoph voran gegangen wäre. Sie gingen durch das Gestrippe, durch die Ahorne, durch den Zwerggarten, durch den breiten Graben, und kamen zu dem eisernen Gitter. Christoph zog hier ein kleines Ding aus seiner Tasche, das Victor für einen Schlüssel hielt; aber es war ein Pfeifchen und der Diener that damit einen gellenden Pfiff. Sogleich öffnete sich das Thor von unsichtbaren Händen – Victor begriff es gar nicht – und schlug sich hinter ihnen wieder krachend zu. Victor blikte von dem Sandplaze, auf dem sie nun waren, sogleich auf das Haus. An der ganzen Vorderseite desselben waren nur drei Fenster erleuchtet, zwei im oberen, und eines im Erdgeschoße, alles andere war in Finsterniß. Christoph führte den Jüngling über die Holztreppe,

welche gut gedekt war, von dem Sandplaze in das erste Geschoß hinauf. Sie kamen in einen Gang und von demselben in das Zimmer, dem die zwei erleuchteten Fenster angehörten. In dem Zimmer ließ Christoph den Jüngling, ohne weiter ein Wort zu sagen, stehen, und ging wieder rükwärts hinaus. An dem Tische dieses Zimmers saß der Oheim Victors ganz allein und aß. Er hatte Abends, da ihn Victor zum ersten Male sah, einen weiten grautuchenen Rok angehabt, jezt hatte er diesen abgelegt und stak in einem weiten großblumigen Schlafroke, und hatte ein rothes, goldgerändertes Käppchen auf.

„Ich bin nun schon an den Krebsen," sprach er zu dem eintretenden Jünglinge, „du bist zu lange nicht gekommen, ich habe meine festgesetzte Stunde, wie es die Gesundheit fordert, und gehe von derselben nicht ab. Man wird dir gleich etwas auftragen. Seze dich auf den Stuhl, der mir gegenüber steht."

„Die Mutter und der Vormund lassen euch viele Grüsse sagen," hob Victor an, indem er mit dem Ränzlein auf dem Rüken stehen blieb, und zuerst die Aufträge seiner Angehörigen, dann seine eigene Ehrerbiethung und Begrüßung darbringen wollte.

Der Oheim aber that mit beiden Händen, in deren jeder er ein Stük eines zerbrochenen Krebsen hielt, einen Zug durch die Luft und sagte: „Ich kenne dich ja schon an dem Angesichte – so fange an hier zu sein, wohin ich dich beschieden habe, und wo ich dich als den Beschiedenen erkenne. Wir sind jezt bei dem Essen, daher seze dich nieder und iß. Was sonst alles zu thun ist, wird schon geschehen.“

Victor legte also sein Ränzlein auf einen Stuhl, den Wanderstab lehnte er in einen Winkel, und dann ging er gegen den angewiesenen Stuhl, den Spiz an der Schnur hinter sich her zerrend. Der alte Mann, dem er gegenüber saß, hielt sein mageres Angesicht gegen den Teller nieder, und das Angesicht röthete sich während dem Essen. Er riß mit den Händen die Krebse sehr geschikt auseinander, lösete das Fleisch aus, und saugte den Saft aus dem Korbe des Oberleibes und dem Geflechte der Füsse. Dem Jünglinge war das wohlwollende Herz, das er hieher hatte bringen wollen, erstikt, und er saß stumm dem Verwandten gegenüber, der ebenfalls stumm in dem Geschäfte seines Essens fort fuhr. Es standen mehrere verschieden gestaltete und verschiedenfärbige lange Flaschen auf dem Tische, in denen verschiedene Weine sein mußten, und aus denen der Oheim wahrscheinlich schon getrunken hatte; denn bei jeder Flasche stand ein eigenthümliches Glas mit einem Restchen Wein am Boden. Nur eine Flasche stand noch neben dem Teller, und aus derselben schenkte der alte Mann von Zeit zu Zeit ein Schlükchen in ein kleines grünbauchiges Stengelglas. Für Victor war indessen eine Suppe gebracht worden, von welcher er mit seiner rechten Hand aß, während er mit der Linken das Haupt des unten sizenden Spizes an sein Knie drükte. In der Zeit, in welcher er seine Suppe aß, waren von einem alten Weibe nach und nach so viele Speisen für ihn herbei getragen worden, daß er in Verwunderung gerieth. Er aß davon, bis er satt war, dann ließ er das Uebrige stehen. Der Oheim hatte ihm von den Weinen nichts angetragen, Victor verabscheute auch noch den Wein, sondern schenkte sich von dem Wasser, das in einer kristallschönen Flasche von derselben alten Frau, die aufwartete, alle Augenblike erneuert wurde, ein, und erkannte, daß er nie ein so vortreffliches, frisches, pralles und starkes Wasser getrunken habe. Während er sich sättigte, aß der Oheim noch ein Stükchen Käse, dann allerlei Früchte und Zukerwerk. Hierauf trug der alte Mann die verschiedenen Teller, auf denen Glasgloken über den Dingen des

Nachtisches standen, eigenhändig in Schreine, die in die Mauern gefügt waren, und sperrte sie ein. Dann that er die Restchen Wein jedes in seine Flasche und schloß die Flaschen in ähnliche Schreine ein.

Auf der Stelle des Zimmers, auf welcher der Oheim während dem Essen gesessen war, war ein dichter Teppich gebreitet, und auf dem Teppiche lagen drei alte fette Hunde, denen der Greis von Zeit zu Zeit bald eine Krebsschere, bald eine Mandel, bald ein Stükchen Zukerwerk hinab gereicht hatte. Schon als Victor mit dem Spiz eingetreten war, hatten alle drei geknurrt, und während dem Essen, wenn er dem armen Spiz ein Stükchen hinab reichte, grinsten sie wieder und ließen ein schwaches Murren hören.

So lange der Oheim bei seinem Nachtmale beschäftigt gewesen war, hatte er zu Victor nicht gesprochen, gleichsam, als wäre zu keinem andern Dinge Zeit; jezt aber sagte er: „Hast du das Gerippe doch wieder mit geschleppt. Wer ein Thier hat, muß es auch ernähren können. Ich habe dir den Rath gegeben, daß du es in den See würfest, aber du hast ihn nicht befolgt. Die Hunde der Studenten habe ich nie leiden können; sie sind, wie traurige Gespenster. Und gerade dieses Volk will immer Hunde haben. Wo hast du ihn denn mit genommen, und brachtest ihn zu mir, ohne ihm unter Weges etwas zu fressen zu geben?“

„Es ist der Hund meiner Ziehmutter, Oheim,“ sagte Victor, „ich habe ihn nirgends mit genommen, weder gekauft noch ertauscht; sondern am dritten Tage nach meiner Abreise ist er mir nach gekommen. Er muß stark gerannt sein, was er in seinem früheren Leben nicht gewohnt war; er muß auch große Angst ausgestanden haben, wozu er ebenfalls bei der Ziehmutter nie Ursache gehabt hatte – und deßhalb ist er in den darauf folgenden Tagen so mager geworden, wie er nie gewesen ist, obwohl ich ihm gegeben habe, was er nur immer verlangte. Erlaubt daher, daß ich ihn in eurem Hause bei mir behalte, damit ich ihn der Ziehmutter wieder übergeben kann, sonst müßte ich sogleich zurük reisen und ihn ihr überbringen.“

„Und da hast du ihn immer so Tag und Nacht bei dir gehabt?“

„Freilich.“

„Daß er dir einmal die Kehle abfrißt.“

„Das thut er ja nie. Wie fiele ihm denn das ein? Er ist bei meinen Füssen gelegen, wenn ich rastete oder schlief, er hat sein Haupt auf dieselben gelegt, und er würde eher erhungern, ehe er mich verließe oder mir ein Leid thäte.“

„So gib ihm zu essen, und denke auf das Wasser, daß er nicht wüthend wird.“

Das alte Weib hatte, als das Abendmal aus war, nach und nach die Schüsseln, Teller und andere Reste desselben fort getragen; jezt kam auch Christoph, den Victor, seit er mit ihm hieher gekommen war, nicht mehr gesehen hatte.

Der Oheim sagte zu dem hereintretenden Diener: „Sperre ihnen die Stallthür gut zu, daß keiner heraus komme, lasse sie aber vorher auf dem Sande unten ein wenig herum gehen.“

Auf diese Worte erhoben sich die drei Hunde, wie auf ein bekanntes Zeichen. Zwei folgten Christoph von selber, den dritten nahm er bei dem Balge und schleppte ihn hinaus.

„Ich werde dir deine Schlafkammer selber zeigen,“ sagte der Oheim zu Victor.

Er ging bei diesen Worten in die Tiefe des Zimmers, wo es bedeutend dunkel war, weil nur ein Licht auf dem Tische brannte. Dort nahm er von einem Gestelle, oder sonst von etwas, das man nicht erkennen konnte, einen Handleuchter, kam wieder hervor, zündete die Kerze des Handleuchters an, und sagte: „Jezt folge mir.“

Victor nahm sein Ränzlein mit dem einen Riemen in den Arm, faßte seinen Stab, zog den Spiz an der Schnur, und ging hinter dem Oheime her. Dieser führte ihn bei der Thür hinaus in einen Gang, in welchem der Reihe nach uralte Kästen standen, dann rechtwinklig in einen andern, und endlich eben so in einen dritten, der durch ein eisernes Gitter verschlossen war. Der Oheim öffnete das Gitter, führte Victor noch einige

Schritte vorwärts, öffnete dann eine Thür und sagte: „Hier sind deine zwei Zimmer."

Victor trat in zwei Gemächer, wovon das erste größer, das zweite kleiner war.

„Du kannst den Hund in die Nebenkammer einsperren, daß er dir nichts thut," sagte der Oheim, „und die Fenster verschließe wegen der Nachtluft."

Mit diesen Worten zündete er die auf dem Tische des ersten Zimmers stehende Kerze an, und ging ohne Weiters fort. Victor hörte, daß er das Gitter des Ganges zusperre, dann verklang der schleifende Tritt der Pantoffeln, und es war die Ruhe der Todten im Hause. Um sich zu überzeugen, daß er hinsichtlich des Gitters recht gehört habe, ging Victor auf den Gang hinaus, um nach zu sehen. Es war in der That so: das eiserne Gitter war mit seinen Schlössern verschlossen.

„Du armer Mann," dachte Victor, „fürchtest du dich etwa vor mir?"

Dann stellte er die Kerze, die er auf den Gang mit hinaus genommen hatte, wieder auf den Tisch neben das zinnene, verbogene Waschbeken, und schritt gegen das große vergitterte Fenster vor. Es waren zwei hart nebeneinander in steinene Simse gefügte Fenster. Victor sah, da das Glas geöffnet stand, durch das eiserne Gitter in die Nacht hinaus, und der Druk, der gleichsam auf seiner Seele lag, begann sich zu lösen. Es war ein blasser mit wenigen Sternen besezter Nachthimmel, der zu ihm herein blikte. Es mochte ein kleiner Ranft des wachsenden Mondes hinter dem Hause stehen; denn Victor sah das schwache Licht desselben auf den Blättern eines Baumes glänzen, der vor dem Hause war – aber die Berge, die gegenüber standen, zeigten sich völlig lichtlos. Die im Laufe dieses lezten Tages vielfach genannte Grisel erkannte er gleich. Sie stand wie ein flacher, schwarzer Schattenriß auf dem Silber des Himmels, bog sich niedergehend ein wenig aus, und an dem Buge stand ein Stern, wie ein niederhängendes irdisches Ordenssternlein.

Victor schaute lange hinaus.

„Nach welcher Gegend hin," dachte er, „wird das Thal meiner Mutter sein, und wird das liebe schimmernde Häuschen zwischen den dunkeln Büschen stehen?"

Er hatte nehmlich durch die vielfachen Windungen des Weges an der Afel herein, und durch die Kreuzgänge des Hauses die Richtung der Weltgegenden verloren.

„Jezt werden dort auch die Sterne nieder scheinen, der Hollunder wird stille sein, und die Wasser werden rieseln. Mutter und Hanna werden schlummern, oder sie sizen noch an dem Tische, wo sie das Abendmal verzehrt haben, mit ihrer Arbeit, und denken an mich, oder reden wohl gar von mir."

Vor seinen jezigen Fenstern war wohl auch ein Wasser, ein viel größeres, als der Bach in seinem Mutterthale, aber er konnte es nicht sehen; denn ein ruhiger weißer Nebel lag darauf, der oben durch eine wagrechte gleichsam feste Linie abgeschnitten war.

„Von der Stube, in welcher ich schlief, schaut jezt niemand nieder, um die Funken in dem regsamen Bache zu sehen, um die Bäume zu sehen, die herum stehen, oder auch die Berge, auf welche sich die Felder empor ziehen."

Es kam, während er so hinaus schaute, nach und nach eine kalte, sehr feuchte Nachtluft durch die Fenster herein. Victor schloß sie also zu, und besah, ehe er sich nieder legte, auch das zweite Gemach. Es war, wie das erste, nur daß es kein Bett hatte. Ein rußiges Bild sah von einer Nische nieder, darauf ein Mönch abgemalt war. Victor schloß auch hier das schmale Fenster und ging zu seiner Lagerstätte hinaus. Den Spiz hatte er unwillkührlich immer an der Schnur mit sich geführt; nun aber lösete er den Knoten an dem Ringe, nahm ihm das Halsband ab und sagte: „Lege dich hin, wo du willst, Spiz, wir werden uns wechselweise nicht absperren."

Der Hund sah ihn an, als wollte er deutlich sagen, daß ihm alles befremdend vorkomme, und daß er nicht wisse, wo er sei.

Victor schloß nun auch seinerseits das Schloß seines Zimmers zu und entkleidete sich. Es fiel ihm während dieser Handlung auf, daß er heute Abends in dem ganzen Hause nur drei Menschen gesehen habe – und daß diese lauter alte gewesen sind.

Als er sein Nachtgebet, das er gewissenhaft seit den ersten Tagen seiner Kindheit immer verrichtete, gesprochen hatte, legte er sich in das Bett. Er ließ eine Weile noch das Licht auf seinem Betttischchen brennen, bis ihm die Augenlieder zu schwer wurden und die Sinne zu schwinden begannen. Dann löschte er die Kerze aus, und drehte sich gegen die Wand.

Der Spiz lagerte sich, wie gewöhnlich, zu den Füssen seines Bettes, that ihm nichts Leides, und beiden ermüdeten Wesen war die Nacht wie ein Augenblik.

## 5. Aufenthalt

Als Victor des andern Morgens erwachte, erschrak er über die Pracht, die sich ihm darstellte. Die Grisel stand drüben in allen ihren Spalten funkelnd und leuchtend, und obwohl sie in der Nacht der höchste Berg geschienen hatte, so standen doch nun höhere neben ihr, die er in der Nacht nicht gesehen hatte, und die nun sanft blau nieder schienen, und an vielen Stellen Schneefleken zeigten, die sich wie weiße Schwäne in die Spalten dukten. Alles glänzte und flimmerte durcheinander, hohe Bäume standen vor dem Hause in einer solchen Nässe, wie er sie nie gesehen hatte, die Gräser troffen, überall gingen breite Schatten nieder, und das Ganze erschien noch einmal in dem See, der von jeder Floke Nebel rein gefegt, wie der zarteste Spiegel dahin lag. Victor hatte seine Fenster aufgerissen und stekte das blühende Angesicht zwischen den Eisenstäben hinaus. Sein Erstaunen war außerordentlich. Mit alle dem Getümmel an Lichtern und Farben herum bildete das todähnliche Schweigen, mit dem diese ungeheuren Bergeslasten herum standen, den schärfsten Gegensaz. Kein Mensch war zu sehen – auch vor dem Hause nicht – nur einige Vögel zwitscherten zeitweilig in den Ahornen. Welch ein Morgenlärm mochte nicht in all diesen Höhen sein, aber er war nicht zu vernehmen, weil sie zu ferne standen. Victor strekte den Kopf, so weit er konnte, hinaus, um herum schauen zu können. Er sah einen ziemlichen Theil des Seees. Ueberall schritten Wände an demselben hin, und der Jüngling konnte durchaus nicht errathen, wo er herein gekommen war. Auch die Sonne war an einem ganz andern Orte aufgegangen, als er erwartet hatte, nehmlich hinter dem Hause, und seine Fenster waren noch im Schatten, was eben das Licht der gegenüber liegenden Wände noch erhöhte. Mit dem Monde, den er gestern seiner Lichtwirkung nach höchstens für eine schmale Sichel gehalten hatte, war er ebenfalls im Irrthume; denn er stand nun als Halbmond noch am Himmel, gegen die Zaken der Gebirge sich nieder neigend. Victor kannte die Wirkung der Lichter in den Bergen noch nicht. Welche Fluth hätte auf die fernen Wände fallen müssen, daß sie so erleuchtet dagestanden wären, wie der Kirchthurm seines Dorfes, der im Mondscheine immer so schimmernd weiß und scharf in die dunkelblaue Nachtluft empor gestanden war. Obwohl die Sonne schon ziemlich hoch stand, so war doch die Luft, die zu seinen Fenstern herein strömte, noch so kalt und naß, wie er sie zu Hause nicht gewohnt war; allein sie belästigte ihn nicht, sondern sie war zugleich so fest und hart, daß sie alle seine Lebensgeister anregte.

Er trat endlich von dem Fenster zurük, und fing an sein Ränzlein auszupaken, um sich anders anzukleiden, als er auf der Reise gewesen war; denn heute, dachte er, wird der Oheim zu ihm sprechen, und wird ihm erklären, warum er ihn zu sich auf diese vereinsamte Insel habe kommen lassen. Er legte reine Wäsche heraus, er bürstete den Staub von dem zweiten Anzuge,

den er außer dem Reisekleide noch mit sich führte, er benüzte

reichlich das spiegelklare in dem zinnenen Kruge vorhandene Wasser, um den Reisestaub von sich zu waschen, und zog sich dann so zusammen stimmend und passend an, wie er es in dem überreinlichen Hause seiner Ziehmutter gelernt hatte. Selbst den Spiz, der ein so unwillkommener Gast in diesem Hause war, hatte er vorher noch gekämmt und gebürstet. Dann legte er ihm wieder das Halsband um, und knüpfte seine Schnur an den Ring desselben. Als sie beide ganz und gar fertig waren, schloß er seine Thüre auf, und wollte in das Zimmer gehen, wo sie gestern Abends gegessen hatten, um den Oheim zu suchen. Als er aber auf dem Gange war, fiel ihm ein, daß er heute zum ersten Male sein Morgengebet vergessen habe. Es mußte in der Wirkung der großen nie gekannten Eindrüke des heutigen Morgens geschehen sein. Er ging daher noch einmal in das Zimrner zurük, stellte sich wieder an das Fenster, und sagte die einfachen Worte, die er sich einst heimlich und ohne daß jemand etwas davon wußte, zu diesem Zweke zusammen gedacht hatte. Dann trat er zum zweiten Male den Weg zu dem Oheime an.

Das eiserne Gitter am Gange war nicht mehr versperrt, er trat durch dasselbe hindurch und fand leicht den Gang, aus welchem er gestern in das Speisezimmer war geführt worden – aber der Gang hatte gar keine Thür, die in ein Gemach hätte leiten können, sondern es standen in demselben lauter alte Kästen, die er schon gestern beim Schlafengehen im Kerzenscheine gesehen hatte. Die Gangfenster waren von unten gegen oben mit Brettern verschlagen, nur eine kleine Oeffnung war oben frei, daß durch das Glas das Licht herein fallen konnte, gleichsam als scheute man die Freiheit und Klarheit des Lichtes und liebte die Finsterniß in diesen Gängen. Da Victor so suchte, trat aus einem der Kästen die alte Frau heraus, die gestern zum Abendessen die Speisen gebracht hatte. Sie trug Tassen und Schalen, und ging wieder in einen solchen Kasten hinein. Da Victor an dem, wo sie heraus gekommen war, näher schaute, entdekte er, daß derselbe ein verlarvtes Thürfutter sei, und zur Hinterwand die Thür habe, durch die er gestern zu dem Oheime hinein gegangen war, wie er an dem Ringe und Klöppel erkannte, die er gestern beim Lichte bemerkt hatte. Er klopfte leicht mit dem Klöppel, und auf einen Laut drinnen, der wie „herein“ klang, öffnete er und ging hinein. Er gelangte wirklich in das gestrige Speisezimmer und traf den Oheim.

Die vielen gleichen Kästen, die sich etwa in dem Gebäude vorgefunden hatten, schienen nur darum in den Gang gestellt worden zu sein, daß jemand, der in unredlicher Absicht durch eine Thür hinein gehen wollte, diese Absicht nicht leicht erreiche, weil er die kostbarste Zeit durch

Untersuchung der wahren und falschen Thürkästen vergeuden mußte. Zu demselben Zweke größerer Sicherheit schienen auch die Gänge verfinstert worden zu sein.

Der Oheim hatte heute den grauen weiten Rok an, in dem ihn Victor gestern an dem Eisengitter hatte stehen gesehen. Er stand jezt im Zimmer auf einem Schemel, und hatte einen ausgestopften Vogel in der Hand, von dem er mit einem Pinsel den Staub abbürstete.

„Ich werde dir heute die Stundeneintheilung meines Hauses geben, die durch Christoph aufgeschrieben ist, daß du dich darnach richten kannst; denn ich habe mein Frühstük schon nehmen müssen, weil die Zeit da war," sagte er zu dem hereingekommenen Victor ohne weiteren Morgengruß oder sonstiger Bewillkommung.

„Ich wünsche euch einen sehr guten Morgen, Oheim," sagte Victor, „und bitte um Verzeihung, daß ich die Frühmalstunde versäumt habe, ich wußte sie nicht."

„Freilich konntest du sie nicht wissen, Narr, und es verlangte niemand, daß du sie einhaltest. Gieße dem Hunde in jenen hölzernen Trog ein Wasser."

Mit diesen Worten stieg er von dem Schemel herunter, ging zu einer Leiter, bestieg sie, und sezte den Vogel in das obere Fach eines Glasschreines. Für den hineingestellten nahm er einen andern heraus, und fing dasselbe Bürsten mit ihm an.

Victor konnte jezt bei Tage erst sehen, wie ungemein hager und verfallen der Mann sei. Die Züge drükten kein Wohlwollen und keinen Antheil aus, sondern waren in sich geschlossen, wie von einem, der sich wahrt, und der sich selber unzählige Jahre geliebt hat. Der Rok schlotterte an den Armen, und von dem Kragen desselben ging der röthliche, runzlige Hals empor. Die Schläfe waren eingesunken und das zwar noch nicht völlig ergraute aber aus vielen mißhelligen Farben gemischte Haar war struppig um dieselben herum, niemals, seit es wuchs, von einer liebenden Hand gestreichelt. Die Augen, die unter den herabgesunkenen Brauen hervor gingen, hafteten auf dem kleinen Umkreise des todten Vogels. Der

Rokkragen war an seinem oberen Rande sehr schmuzig, und an dem Aermel sah ein gebauschtes Stük Hemd hervor, das ebenfalls schmuziger war, als es Victor je bei seiner Ziehmutter gesehen hatte. Und überall waren leblose oder verdorbene Dinge um den Mann herum. Es befanden sich in dem Zimmer eine Menge Gestelle, Fächer, Nägel, Hirschgeweihe und dergleichen, an welchen allen etwas hing und auf welchen allen etwas stand. Es wurde aber mit solcher Beharrung gehütet, daß überall der Staub darauf lag, und daß sich vieles schon Jahre lang nicht von dem Plaze gerührt hatte. In den Halsbändern der Hunde, wovon ein ganzer Bündel da hing, war innerlich der Staub; die Falten der Tabaksbeutel waren erstarrt und undenklich lange schon nicht geändert worden; die Röhre der Pfeifensammlung klaften, und die Papiere unter den unzähligen Schwersteinen waren gelb. Das Zimmer, welches statt der Deke ein bedeutend spizes Gewölbe hatte, war ursprünglich bemalt gewesen, aber die Farbe in ihren Lichtern und Schatten war in ein gleichmäßiges uraltes Dunkel übergegangen. Auf dem Fußboden lag ein ausgebleichter Teppich, und nur dort, wo der Mann während des Speisens zu sizen pflegte, war ein neuerer kleinerer mit blühenden Farben gelegt. Jezt wälzten sich eben die drei Hunde auf ihm. – Es war ein sehr starker Gegensaz, wie Victor in dem Zimmer dieses alten Mannes stand. Sein schönes Angesicht blühte in fast mädchenhafter Unschuld, es war voll Lebenslust und Kraft, die einfärbigen dunkeln Haare lagen gut geordnet um dasselbe, und in seinem Anzuge war er so rein, als wäre derselbe in diesem Augenblike von liebreichen Mutterhänden besorgt worden.

Er blieb, wie er in das Zimmer getreten war, stehen, und sah dem Oheime zu. Dieser aber fuhr in seinem Geschäfte fort, als wenn gar niemand zugegen wäre. Er mußte es schon sehr lange nicht verrichtet haben, und heute bei Anbruch des Tages daran gegangen sein; denn es war bereits eine ziemliche Zahl Vögel gepuzt, und die andern standen noch ganz grau vom Staube hinter ihren Gläsern. Die alte Frau, welche vorhin an Victor vorüber gegangen war ohne ihn anzureden, brachte jezt auf einem Brette ein Frühstük herein und sezte es ebenfalls schweigend auf den Tisch. Victor schloß, daß es für ihn sei, da es eben bei seinem

Erscheinen gebracht worden war. Er sezte sich daher dazu, und verzehrte davon so viel, als er Morgens zu essen gewohnt war; denn es stand auf dem Brette weit mehr, als er bedurfte. Es war ein Frühmal, wie es in England gebräuchlich ist, von Thee und Kaffeh angefangen bis zu Eiern, Käse, Schinken und kaltem Rindsbraten. Der Spiz hatte es hiebei am besten; denn Victor gab ihm so viel, als er vielleicht niemals zu seinem Morgenmale bekommen hatte.

„Hast du schon Wasser in den Trog gegossen?“ fragte der Oheim.

„Nein,“ entgegnete Victor, „ich vergaß es in dem Augenblike,

aber ich thue es gleich.“

Wirklich hatte der Jüngling im Anschauen seines Oheims auf den Wunsch desselben vergessen. Er nahm daher den großen gläsernen Krug, der mit demselben herrlichen Quellwasser wie gestern auf dem Tische stand, und goß davon einen Theil in einen kleinen hölzernen wohlgebohnten Trog, der an der Wand neben der Thür stand. Nachdem der Spiz getrunken hatte, ging der Oheim von seinem Geschäfte weg und rief seine Hunde zu dem Wasser; da aber keiner Lust bezeigte, weil sie wahrscheinlich ohnehin schon getränkt waren, so drükte der Oheim an einem Stabe, der von der Wand des Troges empor stand, nieder, worauf sich im Boden des Gefäßes eine metallene Platte öffnete und die Flüssigkeit abrinnen ließ. Victor lächelte fast über diese Einrichtung; denn zu Hause bei ihm war das alles einfacher und freundlicher: der Spiz war in freier Luft, er trank am Bache und verzehrte sein Essen unter dem Apfelbaume.

„Ich zeige dir vielleicht einmal das Bildniß deines Vaters,“ sagte der Oheim, „daß du siehst, wie ich dich gleich erkannte.“

Nach diesen Worten stieg der alte Mann wieder auf die Leiter, und nahm einen neuen Vogel heraus. Victor stand immer in dem Zimmer und wartete, daß der Oheim mit ihm über die Angelegenheit seiner Herreise zu sprechen beginnen werde. Aber dieser that es nicht, und puzte stets an seinen Vögeln fort. Nach einer Weile sagte er: „das Mittagmal ist genau um zwei Uhr. Stelle deine Uhr nach dieser dort, und komme darnach.“

Victor erstaunte und fragte: „Ihr werdet mich also vor dieser Zeit gar nicht mehr zu sprechen verlangen?“

„Nein,“ antwortete der Oheim.

„So will ich hinaus gehen, um euch in eurer Zeitverwendung nicht zu stören, und will den See, die Berge und die Insel betrachten.“

„Thue, was dir immer gefällt,“ sagte der Oheim.

Victor ging eilig hinaus, allein er fand die Thür der hölzernen Treppe verschlossen. Daher ging er wieder zu dem Oheime zurük, und bath, daß er möchte öffnen lassen.

„Ich werde dir selber aufmachen,“ sagte dieser.

Er stellte seinen Vogel hin, ging mit Victor hinaus, zog einen Schlüssel aus seinem grauen Roke, und schloß damit die Thür der Holztreppe auf, die er hinter dem Jünglinge sogleich wieder versperrte.

Dieser lief die Treppe auf den Sandplaz hinab. Da hier die Fluth des Lichtes seinen erfreuten Augen entgegen schlug, wendete er sich ein wenig um, um das Haus von außen zu betrachten. Es war ein festes dunkles Gebäude mit dem einzigen Geschoße, in welchem er die heutige Nacht geschlafen hatte. An den offenen Fenstern erkannte er seine Zimmer. Denn alle andern waren zu, und prangten vielfach mit den schönen Farben der Verwitterung. Sie standen sämmtlich hinter festen starken Eisengittern. Das Hauptthor war verrammelt, und die hölzerne überdekte Treppe zu dem Sandplaze herab schien der einzige Eingang zu sein. Wie war das anders, als zu Hause, wo Fenster an Fenster offen stand, weiße sanfte Vorhänge wehten, und man von dem Garten aus das lustige Küchenfeuer flakern sehen konnte.

Victor wendete seine Augen nun gegen den freien Plaz, der von dem düsteren Hause weg ging. Er war das Freundlichste dieser Umgebung. Hinten an den Seiten des Hauses hatte er hohe Bäume, dann war er mit Sand bestreut, hatte hie und da ein Bänklein, mehrere Blumenstellen, und lief gegen den See in einen wirklichen Blumengarten und dann in Gebüsch aus. Zu beiden Seiten waren Bäume und Gesträuche. Victor ging auf diesem Plaze herum, und Luft und Sonnenschein thaten ihm sehr wohl.

Dann aber strebte er weiter, um die Dinge hier zu sehen. Eine uralte Lindenallee war ihm aufgefallen, die von dem Gebäude des Oheims weiter führte. Die Bäume waren so hoch und dicht, daß der Boden unter ihnen feucht war, und das Gras sich mit dem schönsten, zartesten Grün färbte. Victor ging in der Mitte dieser Allee fort. Er gelangte zu einem andern Gebäude, dessen hohes breites Thor verschlossen und eingerostet war. Ueber dem Bogen des Thores standen die steinernen Zeichen geistlicher Hoheit, Stab und Inful, nebst den andern Wappenzeichen des Ortes. Am Fuße des Bogens und des ganzen Holzthores war weiches dichtes Gras, zum Zeichen, daß hier lange kein menschlicher Tritt gewandelt war. Victor sah, daß er durch diese Pforte nicht in das Gebäude kommen konnte, er ging daher an demselben außen entlang und betrachtete es. Das Mauerwerk war ein aschgraues Vierek mit fast schwarzem Ziegeldache. Die überwuchernden Bäume der Insel waren hoch darüber hinaus gewachsen. Die Fenster hatten Gitter, aber hinter den meisten derselben standen statt des Glases graue vom Regen ausgewaschene Bretter. Es war wohl noch ein Pförtchen in dieses Haus, aber dasselbe war wie der Haupteingang verrammelt. Weiter zurük war eine hohe Mauer, welche wahrscheinlich den ganzen Zusammenhang von Gebäuden und Gärten umschloß, und als Eingang das Eisengitter des Oheims hatte. In einem ausspringenden Winkel dieser Mauer lag der Klostergarten, von dem aus Victor die zwei diken aber ungewöhnlich kurzen Thürme der Kirche erblikte. Die Obstbäume waren sehr verwildert und hingen häufig zerrissen darnieder. Einen Gegensaz mit dieser trauernden Vergangenheit machte die herumstehende blühende ewig junge Gegenwart. Die hohen Bergwände schauten mit der heitern Dämmerfarbe auf die grünende mit Pflanzenleben bedekte Insel herein, und so groß und so überwiegend war ihre Ruhe, daß die Trümmer der Gebäude, dieser Fußtritt einer unbekannten menschlichen Vergangenheit, nur ein graues Pünktlein waren, das nicht beachtet wird in diesem weithin knospenden und drängenden Leben. Dunkle Baumwipfel schatteten schon darüber, die

Schlingpflanze kletterte mauerwärts und nikte hinein, unten blizte der See, und die Sonnenstrahlen feierten auf allen Höhen ein Fest in Gold- und Silbergeschmeide.

Victor hätte recht gerne die ganze Insel durchgewandert, die nicht groß sein mußte, und die er gerne erkundschaftet hätte, aber er überzeugte sich schon, daß wirklich, wie er vermuthet hatte, das ehemalige Kloster sammt allen Nebengebäuden und Gartenanlagen von einer Mauer umfangen war, wenn auch oft blühende Gebüsche die Steine derselben verdekten. Er ging wieder auf den Sandplaz zurük. Hier stand er eine gute Weile vor dem Gitterthore, sah die Stäbe an und versuchte an dem Schlosse. Doch zu dem Oheime hinauf gehen, und ihn bitten, daß er öffnen lasse – das vermochte er nicht, er hatte einen Widerwillen davor. Außer den zwei alten Dienern, dem betagten Christoph und der alten Frau, war es wie ausgestorben in dem ganzen Gebäude. Er ließ daher von dem Gitter ab, und wandelte auf dem offenen Plaze vorwärts gegen den See, um von dem Felsenufer, wenn hier auch eines wäre, in das Wasser hinab zu schauen. Es war ein Felsenufer, und zwar, da er am äußersten Rande draußen stand, ein häuserhohes. Unten säumte das Wasser sanft den Strand; gegenüber stand die Grisel mit freundlichem Bergfuße, der seine weißen Steine und seine schimmernden Dinge im Wasser spiegelte. Und wenn er auf die Bergmauern ringsum schaute, an denen das Wasser dunkel, reglos und faltenlos lag, so war ihm, wie in einem Gefängnisse, und als sollte es ihm hier beinahe ängstlich werden. Er versuchte, ob nicht eine Stelle zum hinunterklettern an das Wasser zu finden wäre, aber die von Regen und Sturm gepeitschte Wand war glatt, wie Eisen, ja sie ging sogar gegen das Wasser zu einwärts und überwölbte sich. Wie groß müssen erst die Wände der Grisel sein, dachte Victor, die schon von hier aus gesehen wie Paläste empor steigen, während das Felsenufer der Insel, da wir herfuhren, nur wie ein weißer Sandstreifen erschienen war.

Als er hier wieder eine Weile gestanden war, ging er längs des Saumes dahin, bis er an die Einfangungsmauer an der Seite des Klosters käme. Er kam dahin, und die Mauer stieg mit glattem Rande fallrecht in das Wasser nieder. Dann wendete er um, und wandelte wieder an dem Saume fort, bis er neuerdings an die Mauer an der dem Kloster entgegenliegenden Seite käme. Aber ehe er dahin gelangte, traf er etwas anderes. Es stand eine gemauerte Höhlung da, wie die Thür eines Kellers, die hinter sich abwärts gehende Stufen zeigte. Victor meinte, dies könnte eine Treppe sein, die zum See hinab führe, um etwa Wasser herauf zu holen. Sogleich schlug er den Weg hinab ein, der in der That wie eine überwölbte Kellerstiege war, und auf unzähligen Stufen nieder führte. Er gelangte wirklich an das Wasser, aber wie erstaunte er, als er statt eines armen Schöpfungsplazes, wie etwa zum Begießen der Pflanzen nöthig wäre, einen wahrhaften Wassersaal erblikte. Da er aus dem Dunkel der Treppe heraus kam, sah er zwei Seitenwände aus großen Quadern in den See hinaus laufen, steinerne Simse an ihren Seiten führend, daß man auf ihnen neben dem Wasserspiegel, der den Fußboden der Halle bildete, hin gehen konnte. Oben war ein festes Dach, die Mauern hatten keine Fenster, und alles Licht kam durch die gegen den See gerichtete Wand herein, die ein Gitter aus sehr starken Eichenbohlen war. Die vierte, nehmlich die Rükwand, bildete der Fels der Insel. Viele Pflöke waren in den Grund getrieben und an manchen derselben hing mittelst eines Eisenschlosses ein Kahn. Der Raum war sehr groß und mußte einst viele solche Kähne in sich liegen gehabt haben, wie das vielfach abgeschleifte Ansehen der Eisenringe der Pflöke zeigte; aber jezt waren nur mehr vier da, die ziemlich neu waren, sehr gut gebaut, und mit Ketten und versperrten Schlössern in den Ringen hingen. Das Bohlenwerk hatte mehrere Thüren zum Hinausfahren in den See, aber sie waren alle verschlossen, und die Balken gingen unersichtlich tief in das Wasser hinab.

Victor blieb stehen und sah in die grünblinkenden Lichter des Seees, die zwischen den schwarzen Balken des Eichenholzes herein schienen. Er sezte sich dann nach einer Weile auf den Rand eines Kahnes, um mit der Hand die Wärme des Seewassers zu prüfen. Es war nicht so kalt, als er es wegen seiner durchsichtigen Klarheit geschäzt hatte. Seit seiner Kindheit war das Schwimmen eines seiner liebsten Vergnügen gewesen. Als er daher gehört hatte, das Haus seines Oheims liege auf einer Insel, nahm er sein Schwimmkleid in dem Ränzlein mit, um dieser Uebung recht oft nach zu gehen. Dies fiel ihm hier in dem Wassersaale augenblicklich ein, und er begann die Stellen wegen künftigen Schwimmübungen mit den Augen zu prüfen, aber er erkannte gleich die Unmöglichkeit; denn, wo die Kähne hingen, war es zu seicht, und wo es tiefer wurde, gingen gleich die Bohlen in das Wasser nieder. Zum Durchkommen durch die Bohlen war ebenfalls keine Aussicht vorhanden; denn sie waren so enge an einander, daß sich nicht der schlankste Körper hätte hinaus zwängen können. Es blieb daher nichts übrig, als sich dieses Wasserhaus für die Zukunft zum bloßen Badeplaze zu bestimmen.

Zum Theile erfüllte er diese Absicht gleich auf der Stelle. Er legte so viel von seinen Kleidungsstüken ab, als nötig war, einige Körpertheile, namentlich Schultern, Brust, Arme und Füsse zu waschen. Den Spiz badete er ebenfalls. Hierauf legte er seine Kleider wieder an, und stieg die Stufen zurük empor, die er herabgegangen war. Als er sodann an dem Ufer fort ging, traf er an das andere Ende der Einschlußmauer. Es ging wie das erste fallrecht in den See nieder, und war so aus dem Felsen heraus gebaut, daß kaum ein Kaninchen um den Mauerrand hätte herum schlüpfen können. Victor blieb eine Weile lässig an dieser Stelle stehen – dann war, so zu sagen, sein Tagwerk aus. Er ging auf den Sandplaz zurück, und sezte sich dort auf eine Bank, um von dem Bade auszuruhen und den Spiz zu troknen. Das Haus des Oheims, welches er nun gegenüber hatte, war, wie es am Morgen gewesen war. Nur die Fenster des Zimmers, in welchem er geschlafen hatte, standen offen, weil er sie selbst geöffnet hatte, alles andere war zu. Niemand ging heraus, niemand ging hinein. Die Schatten wendeten sich nach und nach, und die Sonne, die Morgens hinter dem Hause gestanden war, beleuchtete nun die vordere Seite desselben. Victor war es, wie er so da saß und auf die dunkeln Mauern schaute, als sei er schon ein Jahr von seiner Heimath entfernt. Endlich wies der Zeiger seiner Uhr auf zwei. Er hob sich daher, ging die Holztreppe empor, der Oheim öffnete ihm auf sein Klopfen mit dem Klöppel die Stiegenthür, ließ ihn hinter sich in das Speisezimmer gehen, und sofort sezten sich beide zu Tische.

Das Mittagmal unterschied sich von dem gestrigen Abendmale nur darin, daß beide, Oheim und Neffe, zusammen aßen. Sonst war es wie gestern. Der Oheim sprach wenig, oder eigentlich so viel, wie nichts; die Speisen aber waren mannigfaltig und gut. Es standen wieder mehrere Weine auf dem Tische, und der Oheim trug Victor sogar davon an, wenn er nehmlich schon Wein trinke; dieser aber schlug das Anerbieten aus, indem er sagte, daß er bisher immer Wasser getrunken habe, und dabei bleiben wolle. Der Oheim sprach auch heute nichts von dem Reisezweke, sondern da das Essen aus war, stand er auf und beschäftigte sich mit allerlei Dingen, die in dem Gemache waren, und kramte in denselben herum. Victor begriff sogleich, daß er entlassen sei, und begab sich seiner Neigung zu Folge ins Freie.

Nachmittags, da die Hize in diesem Thalbeken, so wie Morgens die Kühle, sehr groß war, sah Victor, da er über den Blumenplaz ging, den Oheim auf einer Bank mitten in den Sonnenstrahlen sizen. Derselbe rief ihn aber nicht hinzu und Victor ging auch nicht hinzu.

So war der erste Tag aus. Das Abendessen, wozu Victor um neun Uhr beschieden war, endete für ihn, wie gestern. Der Oheim führte ihn in seine Zimmer und sperrte das Eisengitter des Ganges ab.

Den alten Christoph hatte Victor den ganzen Tag nicht gesehen, nur die alte Frau allein wartete bei Tische auf – wenn man nehmlich das „aufwarten“ nennen kann, daß sie die Speisen brachte und forttrug. Alles andere hatte der Oheim selber gethan; auch die Käse und Weine hatte er wieder eingesperrt.

Als man des andern Morgens vom Frühstüke aufgestanden war, sagte er zu Victor: „Komme ein wenig herein da.“

Mit diesen Worten schloß er eine kaum erkennbare Tapetenthür des Speisezimmers auf, und schritt in ein anstoßendes Gemach, wohin ihm Victor folgte. Das Gemach war wüste eingerichtet, und enthielt mehr als hundert Feuergewehre, die nach Gattungen und Zeiten in Glasschreinen waren. Hüfthörner, Weidtaschen, Pulvergefäße, Jagdstöke und noch tausenderlei dieser Dinge lagen herum. Sie gingen durch dieses Zimmer hindurch, dann durch das anstoßende, das wieder leer war, bis sie in ein drittes kamen, in dem einige alte Geräthe standen. An der Wand hing ein einziges Bild. Es war rund, wie die Schilde, worauf man die Wappen zu malen pflegt, und war von einem breiten ausgeflammten und durchbrochenen Goldrahmen hohen Alters umschlossen.

„Das ist das Bild deines Vaters, dem du sehr gleich siehst," sagte der Oheim.

Ein blühend schöner Jüngling, fast eher noch ein Knabe zu nennen, war in einem bauschigen braunen mit Goldtressen besezten Kleide auf dem runden Schilde abgebildet. Die Malerei, obwohl kein Meisterstük ersten Ranges, war doch mit jener Genauigkeit und Tiefe der Behandlung begabt, wie wir sie noch recht oft auf den Familienbildern des vorigen Jahrhunderts sehen. Jezt nimmt Oberflächlichkeit und Rohheit der Farbe überhand. Besonders rein waren die Goldborden ausgeführt, die noch jezt mit düsterem Lichte funkelten, und von den schneeweiß eingestäubten Loken und dem lieblichen Angesichtchen, dessen Schatten ganz besonders rein und durchsichtig waren, sich gut abhoben.

„Es ist in der adeligen Schule die närrische Sitte gewesen," sagte der Oheim, „daß alle Zöglinge zum Andenken abgebildet, und in solchen runden Schildern mannigfaltig bald in Gängen, bald in Vorsälen, und gar in Zimmern aufgehängt wurden. Die Rahmen kauften sie sich selber dazu. Dein Vater ist immer eitel gewesen und ließ sich malen. Ich war viel schöner, als er, und saß nicht. Als die Schule einging, kaufte ich das Bild hieher."

Victor, der sich seines Vaters so wie seiner Mutter gar nicht mehr erinnern konnte, da sie ihm beide, zuerst die Mutter und sehr bald darauf der Vater in frühester Kindheit weggestorben waren, stand nun vor dem Bilde dessen, dem er das Leben verdankte. In das weiche Herz des Jünglings kam nach und nach das Gefühl, das Waisen oft haben mögen, wenn sie, während andere ihre Eltern in Leib und Leben vor sich haben, blos vor den gemalten Bildern derselben stehen. Es ist ein von einer tiefen Wehmuth reiches, und doch einen traurig süssen Trost gebendes Gefühl.

Das Bild wies in eine weite längst vergangene Zeit zurük, wo der Abgebildete noch glüklich, jung und hoffnungsreich gewesen war, so wie der Betrachter jezt noch jung und voll der unerschöpflichsten Hoffnungen für diese Welt ist. Victor konnte sich nicht vorstellen, wie vielleicht derselbe Mann später in dunklem einfachen Roke und mit dem eingefallenen sorgenvollen Angesichte vor seiner Wiege gestanden sein mag. Noch weniger konnte er sich vorstellen, wie er dann auf dem Krankenbette gelegen ist, und wie man ihn, da er todt und erblaßt war, in einen schmalen Sarg gethan und in das Grab gesenkt habe. Das alles ist in eine sehr frühe Zeit gefallen, wo Victor die Eindrüke der äußeren Welt noch nicht hatte, oder dieselben nicht für die nächste Stunde zu bewahren vermochte. Er sah jezt in das ungemein liebliche, offene und sorgenlose Angesichtchen des Knaben. Er dachte, wenn er noch lebte, so würde er jezt auch alt sein, wie der Oheim; aber er konnte sich nicht vorstellen, daß der Vater dem Oheime ähnlich sehen würde. Da er noch lange stand, keimte in ihm der Entschluß, wenn er überhaupt mit dem Oheime auf einen bessern Fuß zu stehen käme, als er jezt stand, daß er ihm die Bitte vortragen wolle, ihm das Bild zu schenken, denn dem Oheime könne ja so viel nicht daran gelegen sein, da er es in diesem ungeordneten Zimmer ganz allein auf der Wand hängen und den vielen Staub auf dem Rahmen liegen lasse.

Der Oheim stand indessen an der Seite und sah das Bild und den Jüngling an. Er hatte keine sonderliche Theilnahme gezeigt, und wie Victor die erste Bewegung machte, sich von dem Bilde zu entfernen, ging er gleich voran, um ihn aus den Zimmern zu führen, wobei er weder von dem Bilde noch von dem Vater etwas anders sagte, als die Worte: „Es ist eine erstaunliche Aehnlichkeit.“

Als sie wieder in das Tafelzimmer gekommen waren, schloß er sorgfältig die Tapetenthür, und begann auf die gewöhnliche Weise in dem Gemache herum zu gehen, und in den herumliegenden und stehenden Sachen zu greifen, zu stellen und zu ordnen, woraus Victor aus Erfahrung erkannte, daß er jezt vor der Hand nichts mehr mit ihm zu thun haben wolle.

Er beschloß daher, wieder auf die Insel hinunter zu gehen. Die Treppenthür war abermals geschlossen. Victor wollte nicht zu dem Oheime gehen, daß er ihm öffne, sondern er dachte an den Kasten, in welchen gestern das alte Weib mit den Schalen hinein gegangen war, und vermuthete, daß durch denselben ein Ausweg sein müsse. Er fand den Kasten bald, öffnete ihn, und sah wirklich abwärts führende Stufen, die er einschlug. Allein er gelangte auf denselben nicht in das Freie, sondern in die Küche, in welcher er niemanden traf, als das alte Weib, welches mit der Herrichtung der vielen verschiedenen Dinge beschäftigt war, die zu dem Mittagsmale gehörten. Nur noch ein jüngeres beinahe blödsinnig aussehendes Mädchen unterstüzte sie hiebei. Victor fragte das Weib, ob sie ihn nicht in den Garten hinaus lassen könne.

„Freilich," sagte sie, führte ihn dieselbe Treppe hinauf, die er herunter gekommen war, und holte den Oheim heraus, welcher sofort öffnete und den Jüngling hinaus ließ.

Victor erkannte nun, daß die Holztreppe der einzige Ausgang sei, und daß man den mit solchem Mißtrauen geschlossen halte, obwohl das Ganze ohnehin mit einer undurchdringlichen Mauer umgeben sei.

Der Tag verging, wie der gestrige. Victor kam um zwei Uhr zum Mittagsessen und ging dann wieder fort. Gegen Abend ereignete sich etwas ungewöhnliches. Victor sah ein Schiff gegen die Insel kommen, und gerade gegen das Wasserbohlenwerk zu fahren, das er gestern entdekt hatte. Victor lief eilig die Treppen zum Wasserhause hinab. Das Schiff kam herzu, das Bohlenthor wurde von Außen mit einem Schlüssel geöffnet, und der alte Christoph fuhr ganz allein in einem Kahne herein. Er hatte Lebensmittel und andere Bedürfnisse geholt, und war deßwegen in der Hul und in Attmaning gewesen. Victor begriff nicht, da er die Ladung sah, wie der alte Mann diese Menge Dinge herbei geschafft und über den See gerudert habe. Auch war ihm leid, daß ihm die Abfahrt des alten Dieners nicht bekannt gewesen sei, weil er ihm einen Brief mitgegeben hätte, der an die Mutter laufen sollte. Christoph fing an, die Dinge auszuladen, und die verschiedenen Fleischgattungen mit Hülfe des blödsinnigen Mädchens auf einer Tragbahre in die Eisgrube zu tragen.

Victor sah hiebei ein ganz niederes eisernes Thürchen an der Hinterseite des Hauses öffnen. Als er über die Treppen hinter dem Thürchen hinab ging, erblikte er im Scheine der Laterne, die man dort angezündet hatte, eine gewaltige Last Eises, auf der allerlei Vorrathsdinge herum lagen, und die eine fürchterliche Kälte in diesem Raume verbreitete. In später Dämmerung war die Arbeit des Ausladens vollendet.

Der dritte Tag verging, wie die ersten zwei. Und es verging der vierte und es verging der fünfte. Drüben stand immer die Grisel, rechts und links standen die blaulichen Wände, unten dämmerte der See, und mitten leuchtete das Grün der Baumlast der Insel, und in diesem Grün lag wie ein kleiner grauer Stein das Kloster mit dem Hause. Der Orla ließ manches blaue Stük durch die Baumzweige darauf nieder schimmern.

Victor war bereits an allen Stellen der Einfassungsmauer gewesen, auf allen Bänken des Sandplazes oder Gartens war er gesessen, und auf allen Vorgebirgen des Ufersaumes des eingefaßten Plazes war er gestanden.

Am sechsten Tage konnte er es nicht mehr so aushalten, wie es war, und er beschloß der Sache ein Ende zu machen.

Er Weidete sich früh Morgens sorgfältiger an, als er es gewöhnlich that, und erschien so bei dem Frühstüke. Nachdem dasselbe vorüber war, und er schon neben dem Oheime in dem Zimmer stand, sagte er: „Oheim, ich wünschte mit euch etwas zu reden, wenn ihr nehmlich Zeit habt, mich anzuhören."

„Rede," sagte der Oheim.

„Ich möchte euch die Bitte vortragen, mir in Gefälligkeit den Grund zu eröffnen, weßhalb ich auf diese Insel kommen mußte, wenn ihr nehmlich einen besonderen Grund hattet; denn ich werde morgen meine Abreise wieder antreten."

„Die Zeit bis zur Uebernahme deines Amtes dauert ja noch über sechs Wochen," antwortete der Oheim.

„Nicht mehr so lange, Oheim," sagte Victor, „nur noch fünf und dreißig Tage. Ich möchte aber noch einige Zeit, bevor ich in das Amt trete, in meinem zukünftigen Aufenthaltsorte zubringen, und möchte deßhalb morgen abreisen."

„Ich entlasse dich aber nicht."

„Wenn ich euch darum bitte, und wenn ich euch ersuche, mich morgen oder, wie es euch gefällig ist, übermorgen in die Hul hinüber führen zu lassen, so werdet ihr mich entlassen," sagte Victor bestimmt.

„Ich entlasse dich erst an dem Tage, an dem du nothwendig abreisen mußt, um zu rechter Zeit bei deinem Amte eintreffen zu können," erwiederte hierauf der Oheim.

„Das könnt ihr ja nicht," sagte Victor.

„Ich kann es wohl," antwortete der Oheim; „denn die ganze Besizung ist mit einer starken Mauer umfangen, die noch von den Mönchen herrührt, die Mauer hat das Eisengitter zum Ausgange, das niemand anderer als ich zu öffnen versteht, und der See, welcher die fernere Grenze macht, hat ein so steiles Felsufer, daß niemand zu dem Wasser hinunter kommen kann."

Victor, der von Kindheit an nie die kleinste Ungerechtigkeit hatte dulden können, und der offenbar das Wort „können" im sittlichen Sinne genommen hatte, wie es sein Oheim im stofflichen nahm, wurde bei den lezteren Worten im ganzen Angesichte mit der tiefsten Röthe des Unwillens übergossen, und sagte: „So bin ich ja ein Gefangener?"

„Wenn du es so nennst, und meine Anstalten es so fügen, so bist du einer," engegnete der Oheim.

Victors Lippen bebten nun, er konnte vor Erregung kein Wort sagen – dann aber rief er doch zu dem Oheime: „Nein, Oheim! das können eure Anstalten nicht fügen, was ihr beliebig wollt; denn ich gehe an das Felsenufer hinvor, und stürze mich gegen den See hinunter, daß sich mein Körper zerschmettert."

„Thue das, wenn du die Schwäche besizest," sagte der Oheim.

Nun konnte Victor in der That keine Silbe mehr hervor bringen – er schwieg eine Weile und es stiegen in ihm Gedanken auf, daß er sich an der Härte dieses abscheulichen Mannes rächen werde. Auf der andern Seite schämte er sich auch seiner kindischen Drohung, und erkannte, daß sich selber zu verlezen kein wesentlicher Widerstand gegen den Mann wäre. Er beschloß daher, ihn durch Duldung auszutrozen. Darum sagte er endlich: „Und wenn der Tag gekommen ist, den ihr genannt habt, lasset ihr mich dann in die Hul hinüber führen?“

„Ich lasse dich dann in die Hul hinüber führen,“ antwortete der Oheim.

„Gut, so bleibe ich bis dahin,“ entgegnete Victor; „aber das sage ich euch, Oheim, daß von nun an alle Bande zwischen uns zerschnitten sind, und daß wir nicht mehr in einem verwandtschaftlichen Verhältnisse stehen können.“

„Gut,“ antwortete der Oheim.

Victor sezte noch im Zimmer sein Barett auf das Haupt, zerrte den Spiz, den er bei sich hatte, an der Schnur hinter sich her, und ging zur Thür hinaus.

Der Jüngling betrachtete sich nun von jeder Rüksicht, die er sonst gegen den O heim beobachten zu müssen geglaubt hatte, frei, und beschloß fortan jede Handlungsweise sich zu erlauben, die ihm nicht von seinem Sittlichkeitsgefühle verbothen, oder von den Grenzen der offenbaren Gewalt unmöglich gemacht worden wäre.

Er ging von dem Oheime in sein Zimmer und schrieb dort über zwei Stunden. Dann ging er ins Freie. An der Treppenthür war von innen und von außen ein Ring, der als Klöppel diente. Wollte Victor von nun an entweder hinein oder hinaus, so ging er nicht mehr, wie bisher, zu dem Oheime, daß er ihm öffne, sondern er stellte sich an die Thür, und schlug mit dem Klöppel gegen dieselbe. Auf dieses Zeichen kam der Oheim allemal, wenn er in seinem Zimmer war, heraus und öffnete. War er selber im Freien, so stand die Thür ohnehin offen. Bei dem Mittagmale des ersten Tages redete Victor nichts, der Oheim fragte ihn auch nichts, und als das Essen vorüber war, standen beide auf, und Victor ging sogleich fort. Auf dieselbe Weise war das Abendmal.

Victor ging nun daran, alle Theile des eingeschlossenen Raumes zu durchforschen. Er drang in die Gebüsche, welche hinter dem Hause standen, er ging von Baum zu Baum, und sah jeden an, und untersuchte ihn um seine Eigenschaften und um seine Gestalt. Einmal drang er durch alle Gebüsche und Schlinggewächse, welche an der Innenseite der Einschlußmauer des Besizthumes waren, längs der ganzen Mauer dahin. Sie war, wie dumpfig und morsch sie auch an vielen Stellen von den unsäglichen Gewächsen, die an ihr wuchsen, war, dennoch überall ganz genug und fest genug. In dem Hause, in welchem er mit dem Oheime wohnte, durchsuchte er alles Treppe auf Treppe ab, Gang aus Gang ein; aber es war bei diesen Untersuchungen nicht viel zu finden. Ueberall, wo sich eine Thür oder ein Thor zeigte, waren die Schlösser gut versperrt, zum Theile standen große schwere Kästen davor, in denen einst Getreide oder dergleichen gewesen sein mochte, und hinderten auf ewig das Oeffnen, wie ja auch die meisten Fenster der Gänge, wie Victor gleich am ersten Tage bemerkt hatte, bis auf einen kleinen Theil, durch den das Licht kam, mit Brettern verschlagen waren. Außer den Gängen, die zwischen dem Speisezimmer und seinen zwei Wohnzimmern liefen, und außer der Treppe, über welche er in die Küche hinab gelangen konnte – welche zwei Dinge er ohnehin schon lange kannte – entdekte er im Hause seines Oheims nichts, als etwa die Treppe, welche einst abwärts zu dem Ausgange geführt hatte, nun aber an einem Thor endete, das niedrig, verschlossen und mit Rost bedekt war.

Was Victor am meisten reizte, war das alte Kloster. Er ging an allen Seiten des grauen einsamen Vierekes herum, und eines Tages, da er in dem verfallenen Klostergarten war, von dem man die Thürme sehen konnte, gelang es ihm, über eine niedere Quermauer, aus welcher er mehrere Ziegel heraus brechen konnte, in einen Zwinger zu steigen, und aus demselben in innere nicht verschlossene Räume zu kommen. Er wanderte durch einen Gang, wo die alten Aebte aus und ein gegangen waren, abgebildet waren, aus schwarzen Bildern nieder sahen, und blutrothe Namen und Jahreszahlen zu ihren Füssen hatten. In die Kirche gelangte er und stand an den von Gold und Silber entblößten Altären –

dann war er über manche von ewigem Treten zerschleifte Steinschwelle in zufällig offen stehende Zellen gekommen, in denen es nun hallte und wo dumpfe Luft stand. Zulezt war er in die Thürme gestiegen, und hatte die ruhigen verstaubten Gloken hängen gesehen. Als er wieder über die Quermauer in den Obstgarten hinaus geklettert war, lösete er den Spiz, den er an einem Strunke angebunden hatte, und der indessen stille da gesessen war, wieder los und ging mit ihm fort.

Mehrere Tage darnach, als er mit dem Oheime den seltsamen Auftritt gehabt hatte, ging er einmal in das Bohlenhaus hinab, um sich, wie er es öfters gethan hatte, mehrere Theile seines Körpers in dem erquikenden Wasser zu waschen. Als er auf den lezten Stufen so saß, und, um sich abzukühlen, vor sich hin schaute, bemerkte er in der Tiefe des Wassers, weil ein ganz besonders schöner Tag war, oder weil er jezt überhaupt alles schärfer beobachtete, daß einer der Bohlenzähne des Thores, die in das Wasser hinab ragten, kürzer sei, als die andern, und so eine Lüke bilde, durch die man vielleicht mittelst Tauchen in den See hinaus gelangen könne. Er beschloß auf der Stelle den Versuch zu machen. Zu diesem Zweke ging er in seine Stube und holte sich sein Schwimmkleid. Da er mit demselben zurük gekommen war, sich ausgekühlt und entkleidet hatte, ging er der größeren Tiefe des Wassers zu, legte den Körper längs der Fläche, tauchte vorsichtig, schwamm vorwärts, hob das Haupt und war außer den Bohlen. Selbst den Spiz, welchem er die Schnur abgenommen hatte, konnte er, weil er schlank war, zwischen den Bohlen zu sich hinaus bringen. Nun schwamm er freudig in großen Kreisen aufwärts und abwärts des Bohlenthores in dem tiefen See herum. Der Spiz neben ihm. Als seine Kraft gesättigt war, näherte er sich wieder der Bohlenlüke, tauchte, und kam unter die Kahnpflöke und unter das Bohlenhaus hinein. Er kleidete sich nach diesem Bade an, und ging fort. Das that er nun alle Tage. Wenn die größte Hize sich milderte, ging er in das Schiffhaus, machte sich schwimmgerecht, und schwamm, so lange es ihm gefiel, außer dem Bohlenthore herum.

Es fiel ihm wohl in dieser Zeit ein, daß er seine Kleider nebst einem Vorrathe von Brod durch die Bohlen hinaus schaffen, und sie an eine

Schnur gebunden schwimmend hinter sich her ziehen könnte, bis er das nächste herein gehende Ende der Anschlußmauer umschwommen hätte. Dort könnte er aussteigen, in einem Versteke die Kleider troknen und sie dann anziehen. Es würde doch möglich sein, wenn das Brod nur aushielte, eine Zeit zu erwarten, in der man ein auf dem See fischendes Schiffchen herzu rufen könnte. Ja selbst das fiel ihm in Zeitpunkten der erregtesten Einbildungskraft ein, daß er mit einiger Anstrengung seiner Körperkräfte und mit Aufrufung seines Geistes von der Insel etwa bis an den Orlaberg hinüber schwimmen könnte, wo er dann durch Klettern und Wandern in die Hul hinüber finden müßte. Es kam ihm die Ungeheuerlichkeit dieses Wagestükes nicht so ungeheuer vor, weil ja auch die Mönche einmal über den Orla in die Hul gestiegen sind, und noch dazu im Winter; aber das bedachte er nicht, daß die Mönche Männer waren, die das Gebirge kannten, er aber ein Jüngling sei, der in diesen Dingen gar keine Erfahrung besize. Aber wie lokend auch alle diese Vorspiegelungen sein mochten, so konnte er doch keiner derselben eine Folge geben, weil er dem Oheime versprochen hatte, bis zu dem nothwendigen Tage da zu bleiben – und dieses Versprechen wollte er halten. Darum kam er von dem Schwimmen immer wieder unter dem Bohlenthore herein.

Außer dem Schwimmen brachte er die andere Zeit mit anderen Dingen hin. Er hatte jede und alle Stellen des eingeschlossenen Raumes schon besucht und kennen gelernt. Er wurde nun auf das Gehen und Kommen der Lichter auf den Bergen aufmerksam, und erkannte nach und nach die Schauer der Farben, die über sie gingen, wenn gemach die Tageszeiten wechselten, oder wenn die Wolken schneller an der blanken Deke des Himmels hin liefen. Oder er horchte durch die todten Lüfte, wenn er so saß, wenn die Sonne am Mittage stand, oder eben am Bergrande untergegangen war, ob er denn nicht das Gebetglöklein der Hul hören könne – denn auf der Insel war wirklich weder der Schlag einer Thurmuhr noch der Klang einer Gloke zu vernehmen: – aber er hörte niemal etwas, denn die grüne dichte Baumwand des größeren Theiles der Insel war zwischen seinem Ohre und dem Klange, den er damals Abends so schön an dem Felsenufer gehört hatte. – Es waren nach lange dauernden

Sternnächten – denn Victor war zur Zeit des abnehmenden Mondes gekommen – endlich auch sehr schöne Mondnächte erschienen. Victor öffnete da gerne seine Fenster, und sah, da er von Menschen geschieden war, das zauberhafte Flimmern und Glizzern und Dämmern auf See und Felswänden, und sah die schwarzen vom Lichte nicht getroffenen Blöke mitten in dieser Flirrwelt wie Fremdlinge schweben.

Mit Christoph und der alten Magd, wenn sie ihm begegneten, redete er kein Wort, weil er es nicht für würdig hielt, da er schon mit dem Herrn nicht spreche, mit seinen Dienern Reden zu wechseln.

So ging die Zeit nach und nach dahin.

Eines Tages, als er gegen fünf Uhr über den Blumenplaz gegen das Bohlenhaus zu schritt, um zu schwimmen, und wie gewöhnlich den armen Spiz an der Schnur hinter sich herzog, redete ihn der Oheim, der nach seiner Art auf einer Bank in der Sonne saß, an, und sagte: „Du darfst den Hund nicht so an der Schnur führen, du kannst ihn schon frei mit dir gehen lassen, wenn du willst."

Victor warf seine Augen erstaunt gegen den Mann, und sah wenigstens keine Unehrlichkeit in seinem Angesichte, wenn auch sonst nichts anderes.

Am folgenden Tage ließ er den Spiz des Nachmittags versuchsweise frei. Es geschah ihm nichts, und er ließ ihn von nun an alle Tage frei mit sich gehen.

So verfloß wieder einige Zeit.

Ein anderes Mal, als Victor eben schwamm, und zufällig seine Augen empor richtete, sah er den Oheim in einer Thür, die sich aus dem Dache des Bohlenhauses öffnete, stehen und auf ihn herunter schauen. In den Mienen des alten Mannes schien sich Anerkennung auszusprechen, wie der Jüngling so geschikt die Wasserfläche theilte, und öfter mit freundlichen Augen auf den Hund sah, der neben ihm her schwamm. Auch die hohe Schönheit des Jünglings war eine sanfte Fürbitte für ihn, wie die Wasser so um die jugendlichen Glieder spielten und um den unschuldsvollen Körper floßen, auf den die Gewalt der Jahre wartete, und die unenträthselbare Zukunft des Geschikes. – – Ob sich auch etwas Verwandtschaftsneigung in dem alten Manne gegen das junge einzige Wesen regte, das ihm an Blut näher stand, als alle übrigen auf der Erde – wer kann es wissen? Auch ob er heute das erste Mal, oder schon öfter zugeschaut hatte, war ungewiß; denn Victor hatte früher nie gegen das Bohlenthor empor geblikt; – aber am andern Tage um fünf Uhr Nachmittags, als Victor über den Gartenplaz ging, den Oheim an den Blumen, der einzigen lieblichen Beschäftigung, bei der er ihn je erblikt hatte, herum arbeiten sah, und ohne ihn anzureden vorüber gegangen war, fand er zu seiner größten Ueberraschung, da er in das Schiffhaus gekommen war, eine der Bohlenthüren offen stehen. Er war geneigt, dieses Ereigniß irgend einem ihm unbekannten Umstande zuzuschreiben; allein am nächsten Tage und alle folgenden Tage stand um fünf Uhr das Bohlenhaus offen, während es den ganzen übrigen Theil des Tages immer gesperrt war.

Victor wurde durch diese Sachen aufmerksam, und erkannte leicht, daß er von dem Oheime beobachtet werde.

Als er, weil die Zeit gar so todtlangsam hin ging, wieder einmal, was er seit seiner Gefangenschaft aus Stolz nie gethan hatte, sehnsüchtig an dem eisernen Gitter der Einschlußmauer stand, und sein Angesicht zwischen zwei Stäbe legte, um hinaus zu schauen, hörte er plözlich in dem Eisen ein Rasseln; eine Kette, die er schon öfter an den Stäben bemerkt hatte, wie sie empor ging und sich in die Mauer verlor, bewegte sich, und in dem Augenblike fühlte er an dem sanften Nachgeben der Stäbe nach auswärts, daß das Gitter offen sei und ihn hinaus lasse. Er ging hinaus und ging in einigen Theilen der Insel herum. Er hätte jezt die Gelegenheit zur Flucht benüzen können, aber weil ihn der Oheim freiwillig hinausgelassen hatte, benüzte er sie nicht, und begab sich wieder freiwillig in sein Gefängniß. Bei seiner Annäherung an das Gitter war dasselbe zu, öffnete sich aber, als er heran trat und ließ ihn herein, sich hinter ihm wieder schließend.

Durch alle diese Sachen hätte Victor weicher werden müssen, wenn der Mann nicht schon vorher am sanftesten sein Herz dadurch gerührt hätte, daß er ihm den Spiz frei gemacht hatte.

Der Jüngling fing nun folgerechter Weise auch seinerseits an, den Greis näher zu beobachten, und oftmals zu denken: „Wer weiß, ob er so hart ist, und ob er nicht vielmehr ein unglüklicher alter Mann sei."

So lebten die zwei Menschen neben einander hin, zwei Sprossen desselben Stammes, die sich hätten näher sein sollen, als alle andern Menschen, und die sich so ferne waren, wie keine andern – zwei Sprossen desselben Stammes, und so sehr verschieden: Victor das freie heitere Beginnen, mit sanften Blizen des Auges, ein offener Plaz für künftige Thaten und Freuden – der Andere das Verkommen, mit dem eingeschüchterten Blike, und mit einer herben Vergangenheit in jedem Zuge, die er sich einmal als einen Genuß, also als einen Gewinn, aufgeladen hatte. In dem ganzen Hause lebten nur vier Personen: der Oheim, der alte Christoph, Rosalie, so hieß die alte Haushälterin und Köchin, und endlich das blödsinnige auch schon alte Mädchen Agnes, welche Rosaliens Handlangerin war. Unter diesen alten Menschen und neben dem alten Gemäuer ging Victor herum, wie ein nicht hieher gehöriges Wesen. Sogar die Hunde waren sämmtlich alt; die Obstbäume, die sich vorfanden, waren alt; die steinernen Zwerge, die Bohlen im Schiffhause waren alt! nur einen Genossen hatte Victor, der blühend war wie er, nehmlich die Laubwelt, die lustig in der Verfallenheit sproßte und keimte.

Victor hatte sich schon früher öfter mit einer Thatsache beschäftigt, die ihn nachdenken machte. Er wußte nehmlich nicht, wo sein Oheim das Schlafzimmer habe, und konnte es troz aller Beobachtungen nicht entdeken. Er dachte daher, vielleicht verberge er es gar aus Mißtrauen. Einmal, da der Jüngling über die Treppe in die Küche hinab gerieth, hörte er eben die Haushälterin sagen: „Er traut ja Niemanden; wie könnte man ihm denn beibringen, daß er aus der Hul einen Menschen in Dienst nehme? das thut er nicht. Er rasirt sich darum selbst, daß ihm niemand den Hals abschneide, und er sperrt Nachts die Hunde ein, daß sie ihn nicht fressen."

An diese Umstände äußerster Hülflosigkeit mußte Victor nun immer denken, und dies um so mehr, als sich gerade jezt gegen ihn mildere Zeichen einstellten. Die eiserne Gitterthür im Gange zu seinem Schlafzimmer wurde nicht mehr gesperrt, das Bohlenthor stand zur Schwimmzeit regelmäßig offen, und zum eisernen Hauptgitter der Mauer hatte Victor statt eines Schlüssels ein Pfeifchen von dem Oheime empfangen, auf dessen Pfiff das Gitter sich öffnete; denn es war nicht wie gewöhnlich zu sperren und zu öffnen, sondern durch eine Vorrichtung von einem Zimmer des Oheims aus, man wußte nur nicht, von welchem.

Die ersten ordentlichen Unterredungen zwischen den zwei Verwandten wurden durch eine seltsame Veranlassung eingeleitet, man könnte sagen: aus Neid. Da nehmlich eines Abends Victor von einem Streifzuge durch die Insel, wie er sie jezt öfters machte, in Begleitung aller vier Hunde zurük kam – auch der des Oheims; denn sie hatten sich schon länger an ihn angeschlossen und waren in seiner und des Spizes Gesellschaft lustiger und rühriger geworden, als sie es früher gewesen waren – sagte der Oheim, der zufälliger Weise noch in dem Garten war, und dieses sah: „Dein Spiz ist auch weit besser, als meine drei Bestien, denen nicht zu trauen ist. Ich weiß nicht, wie sie sich so an dich hängen?"

Dem Jünglinge fuhren auf diese Rede die Worte, weil sie ihm so nahe lagen, aus dem Munde: „Habt sie nur lieb, wie ich den Spiz, und sie werden auch so gut sein."

Der Mann sah ihn mit sonderbar forschenden Augen an, und sagte gar nichts auf diese Rede. Aber sie wurde der Anker, an den Abends bei Tische andere Gespräche über andere Gegenstände angeknüpft wurden. Und so ging es dann weiter, und Oheim und Neffe sprachen jezt wieder mit einander, wenn sie zusammen kamen, was namentlich bei den drei Mahlzeiten des Tages der Fall war.

Besonders lebhaft wurde Victor einmal, da ihn der Greis zufällig oder absichtlich veranlaßte, von seiner Zukunft und von seinen Plänen zu reden. Er werde jezt in sein Amt eintreten, sagte Victor, werde arbeiten, wie es nur seine Kraft vermag, werde jeden Fehler, den er antreffe, verbessern, werde seinen Obern alles vorlegen, was zu ändern sei, werde kein Schlendern und keinen Unterschleif dulden – in freien Stunden werde er die Wissenschaften und Sprachen Europas vornehmen, um sich auf künftige Schriftstellerarbeiten vorzubereiten, dann wolle er auch das Kriegswesen kennen lernen, um in dem höheren Staatsdienste einmal den ganzen Zusammenhang überschauen zu können, oder in Zeiten der Gefahr selbst zu Feldherrndiensten tauglich zu sein. Wenn er sonst noch Talent habe, so möchte er auch die Musen nicht ganz vernachlässigen, ob ihm vielleicht etwas gelänge, was sein Volk zu begeistern und zu entflammen vermöge.

Der Oheim hatte während dieser Rede Kügelchen aus Brod gedreht, und hatte lächelnd mit den schmalen, zusammen gekniffenen Lippen zugehört.

„Wenn du nur das alles zusammen bringst,“ sagte er, „jezt kannst du schon gut schwimmen, das heißt, ziemlich gut; ich habe dir gestern wieder eine Weile zugeschaut – aber der Bogen der rechten Hand ist noch ein wenig zu kurz, es ist, als zögest du die Hand zurük, und die Fußbewegung ist auch noch zu heftig. – Willst du denn nicht auch einmal zu jagen versuchen? Verstehst du ein Gewehr los zu schießen und zu laden? Ich gebe dir ein par aus meiner Gewehrkammer, und du kannst damit durch die ganze Insel herum gehen.“

„Freilich verstehe ich ein Feuergewehr zu behandeln,“ antwortete Victor, „aber die Singvögel, die ich hier sehe, mag ich nicht schießen; denn sie erbarmen mir zu viel, und auf der ganzen Insel sehe ich nur veraltete Obstbäume und junges darüber wachsendes Waldlaub, da wird schwerlich ein Fuchs oder ein anderes schießbares Wild sein.“

„Du wirst schon finden, nur muß man das Suchen verstehen.“

Mit diesen Worten trank der Oheim seinen Wein aus, aß sein Zukerwerk und ließ den Gegenstand fallen. Hierauf gingen sie bald schlafen. Victor wurde jezt nicht mehr, wie in den ersten Tagen von seinem Oheime in das Schlafgemach geleitet, sondern, seit das Schlafgitter nicht mehr gesperrt wurde, zündete er sich nach Beendigung des Males ein Licht an, wünschte dem Oheim gute Nacht, und verfügte sich mit dem Spiz, der jezt auch in Eintracht mit den andern Hunden aß, in seine zwei Gemächer.

In diesen Verhältnissen verging endlich alle Zeit, die Victor nach dem eigentlich erzwungenen Vertrage noch auf der Insel zu verleben gehabt hatte. Er war nie in Versuchung gekommen, etwas über diese Sachlage zu sagen, weil er zu stolz dazu war. Aber als der lezte Tag vergangen war, den er noch da sein konnte, um dann zu rechter Zeit in sein Amt einzutreffen, pochte ihm das Herz in dem Leibe. Man war mit dem Abendmale fertig. Der Oheim war aufgestanden und kramte in allerlei Papieren, und schob sie nach Art des Alters mit ungeschikten Händen durcheinander. Dann legte er sie aber sammt und sonders in einen Winkel und ließ sie dort liegen. Victor sah schon aus dem ganzen Benehmen, daß der Greis nichts mehr über den Gegenstand sagen werde, er nahm daher sein Licht und begab sich zu Bette.

Das Frühstük wurde am andern Tage mit derselben Langsamkeit verzehrt, wie bisher immer. Victor hatte auf seiner Stube sein Ränzlein vollständig gepakt, und saß jezt auf seinem Frühmalstuhle und wartete, was der Oheim beginnen werde. Der alte Mann, der mit dem schlotternden grauen Roke angethan war, stand auf und ging ein par Mal durch die Tapetenthür ein und aus. Dann sagte er zu Victor: „Du wirst dieser Tage, heute oder morgen, fort wollen?“

„Heute, Oheim, muß ich fort, wenn ich nicht zu spät kommen soll,“ antwortete Victor.

„Du kannst ja draußen in Attmaning Fahrgelegenheit nehmen.“

„Das ist schon eingerechnet, das muß ich ohnehin thun,“ sagte Victor; „denn da ihr nichts über die Sache erwähntet, habe ich bis zu dem lezten Augenblike gewartet.“

„Du mußt also heute," sagte der Greis zögernd, – „du mußt – wenn du also mußt, so soll dich Christoph überführen, wie ich es gesagt habe. Sind deine Habseligkeiten schon in Ordnung."

„Ich habe bereits gestern alles eingepakt."

„Gestern hast du schon eingepakt – – und freust dich also sehr – so, so, so! – – Ich wollte doch noch etwas zu dir sagen – – was wollte ich sagen? – – Höre Victor!"

„Was, Oheim?"

„Ich denke – und meine – wenn du es nun versuchtest, wenn du freiwillig noch ein wenig bei einem alten Manne bliebest, der niemanden hat."

„Wie kann ich denn?"

„Deinen Urlaub hätte ich da – warte, in den Pfeifentisch, glaube ich, habe ich ihn gelegt."

Mit diesen Worten schob der Oheim nun mehrere Fächer an dem Tische und Schreine, auf denen die Pfeifen und Beutel waren, aus und ein, bis er aus einem ein Papier hervor zog und es an Victor hin reichte.

„Siehst du da."

Der Jüngling war im höchsten Grade erstaunt und verlegen; denn das Papier war in der That ein Urlaub auf unbestimmte Zeit.

„Du kannst es nun halten, wie du willst," sagte der Oheim. „Ich lasse dich sogleich überführen – aber ich habe dich ersucht, noch ein wenig da zu bleiben, ob wir vielleicht gut mit einander lebten. Du kannst während der Zeit in die Hul, oder wohin es dir sonst gefällt, fahren, und wenn du endlich abreisen willst, so kannst du abreisen."

Victor wußte nicht, wie ihm war. Er hatte lange auf den heutigen Tag gewartet – nun sah er den merkwürdigen Mann, den er eigentlich haßte, vor sich stehen und bitten. Das alte eingeschrumpfte Angesicht kam ihm unsäglich verlassen vor – ja es war ihm, als zittere sogar irgend ein Gefühl darinnen. Das gute, schöne Herz, das der Jüngling immer gehabt hatte, regte sich in ihm. Nur einen Augenblik stand er, dann sagte er mit der Offenheit, die ihm eigen war: „Ich will gerne noch eine Zeit da bleiben, Oheim, wenn ihr es wünscht und nach Einsicht und Gründen für gut erachtet.“

„Ich habe keinen andern Grund, als daß du noch ein wenig da seist,“ sagte der alte Mann.

Dann nahm er das Papier, welches den Urlaub enthielt, von dem Tische, und legte es, nachdem er drei Fächer versucht hatte, in ein viertes, in dem Steine staken.

Victor, der heute Morgens nicht ahnend, daß sich die Sache so entwikeln werde, seine Zimmer verlassen hatte, begab sich nun in dieselben zurük, und pakte langsam sein Ränzlein aus. Er war nun doppelt ungewiß und doppelt gespannt, wohin das alles ziele und was das sei, daß der Oheim sich eigens Mühe gegeben habe, ihm schon einen Urlaub auszuwirken, ehe er noch in das Amt eingerükt sei. – Einen Augenblik zukte es ihm durch das Haupt: wie? wenn es Zuneigung wäre, wenn der Mann doch ein lebendiges menschliches Wesen lieber hätte, als die todte starre Fülle von Dingen und Kram, womit er sich umringte? Aber dann fiel ihm ein, mit welcher Gleichgültigkeit der Greis das Papier von dem Tische weggenommen, und ein Fach gesucht habe, in das er es verbergen könne. Victor hatte überhaupt schon länger bemerkt, daß der Oheim nie ein Ding wieder in die nehmliche, sondern stets in eine neue Lade lege. Und bei dem Herumsuchen hatte er den Jüngling nicht beobachtet, und ihn hinaus gehen lassen, ohne ihn anzureden.

So war er also wieder da.

In dem Hause hatte der Oheim ein Bücherzimmer, aber er las seit Langem nichts mehr, so daß Staub und Motten in den Werken waren. Zu diesem Zimmer gab er Victor den Schlüssel, und diesen freute die Sache sehr. Er hatte nie eine Büchersammlung gesehen, außer den öffentlichen der Stadt, in denen er aber, wie es begreiflich ist, nicht herum suchen durfte. Er merkte sich den Gang, und ging oft in das Zimmer. Er stellte die Leiter an alle Fächer, puzte zuerst alle Bücher, und dann las und betrachtete er die Dinge, wie sie ihm in die Hand kamen und wie sie ihn anzogen.

Großes Vergnügen gewährte es ihm auch, wenn er auf die Diele des Bohlenhauses gehen, und aus der Thür, von der ihm der Oheim zugeschaut hatte, in den See hinab springen konnte. Die Mönche hatten die Thür und die Diele gehabt, um Dinge aus dem Schiffe gleich aufziehen zu können, die sonst schwer über die Treppe empor zu bringen gewesen wären. Aus dem Büchsenschranke des Oheims hatte er sich doch ein schönes altdeutsches Gewehr heraus genommen, und freute sich es zu puzen, und troz seiner Ungefügigkeit los zu schießen. Seit Langem mochten das wieder die ersten Knalle auf der Insel sein, welche den Widerhall der Berge erwekten. Christoph hatte dem Jünglinge einen finstern Gang gezeigt, durch welchen man gleich aus dem Hause des Oheims in das Kloster hinüber gehen konnte. Auch hatte er dem Jünglinge manche Räume aufgesperrt, die sonst immer verschlossen waren. Er zeigte ihm den großen Saal, in welchem goldene Leisten und Verzierungen waren, die Fenster weiß, grau und blau bemalt schimmerten, lange hölzerne Bänke an der Wand hin liefen, auf denen die Mönche gesessen waren, und ein ungemein großer Ofen stand, in welchem die einzelnen Täfelchen bunt eingebrannte Heiligenbilder und Geschichten enthielten. Er zeigte ihm das Kapitelzimmer, wo berathen wurde, und jezt nur mehr die schlichten rohen Holzbänke standen, und wenige dagelassene, werthlose Bilder hingen. Er zeigte ihm die leere Schazkammer, er zeigte ihm die Sakristei, wo die Fächer der Kelche offen standen und nichts als die verschossene einst dunkelrothe Ausfütterung zeigten, und wo die Laden, einst der Aufbewahrungsort der Paramente, nun Staub enthielten. Zurük gingen sie durch die Kirche, die Kreuzgänge und die Sommerabtei, wo noch manch schönes Bild, manche Holz- und Steinverzierung unberührt starrte, weil man deren Werth nicht gekannt hatte, als man die Dinge aus dieser Gotteswohnung fortschaffte.

Nicht blos in den Gebäuden und auf der ganzen Insel durfte Victor herum gehen, und alles untersuchen, sondern der Oheim both ihm auch an, daß er ihn in einem Kahne an alle Punkte des Seees fahren lassen wolle, wohin er nur verlange. Der Jüngling hatte wenig Gebrauch davon gemacht, weil er eigentlich, der nie in dem hohen Gebirge gewesen war, nicht wußte, wie er die Schäze desselben heben soll, daß sie ihm freude- und gewinnbringend würden. Er fuhr nur selber zweimal zu dem Orla hinüber, und stand an dem Ufer und sah die hohen grauen und zeitweise flimmernden Wände an.

Troz allem begann sich allgemach in Victor die Reue zu regen, daß er wieder da geblieben sei; namentlich da er nicht Zwek und Ursache des ganzen Verfahrens zu ermitteln im Stande war.

„Ich werde dich doch nun bald fort lassen," sagte der Oheim eines Tages nach dem Mittagstische, da eben ein prachtvolles Gewitter über die Grisel ging und den rauschenden Regen wie Diamantengeschoße in den See nieder sandte, daß er sich in kleinen Sprüngen regte und wallte. Sie waren aus der Ursache dieses Gewitters etwas länger bei dem Tische sizen geblieben.

Victor antwortete auf die Rede gar nichts, sondern horchte, was ferner kommen würde.

„Es ist zulezt doch alles vergeblich," hob der Oheim wieder mit langsamer Stimme an, „es ist doch vergeblich – Jugend und Alter taugen nicht zusammen. Siehe, du bist gut genug, du bist fest und aufrichtig, und bist mehr, als dein Vater in diesen Jahren war. Ich habe dich die Zeit her beobachtet und man dürfte vielleicht auf dich bauen. Du hast einen Körper, den die natürliche Kraft stark und schön gemacht hat, und du übst gerne die Kraft, sei es, daß du unter den Felsen herum gehst, oder in der Luft wanderst, oder in dem Wasser schwimmst – – aber was hilft das Alles? Es ist für mich ein Gut, das weit, ja sehr weit jenseits aller Räume liegt. Mir sagte schon immer die heimliche Stimme: du wirst es nicht erreichen, daß sein Auge auf dich schaut, du wirst das Gut seines Herzens nicht erlangen, weil du es nicht gesäet und gepflanzt hast. Ich erkenne, daß es so ist. Die Jahre, die da zu nüzen gewesen wären, sind nun vorüber, sie neigen jenseits der Berge hinunter, und keine Gewalt kann sie auf die erste Seite herüber zerren, auf der nun schon die kalten Schatten sind.

Darum gehe nur zu dem alten Weibe, von dem du kaum mehr einen Brief erwarten kannst – gehe hin und sei dort heiter und freudig."

Victor war im äußersten Maße betroffen. Der Greis saß gerade so, daß die Blize in sein Antliz leuchteten, und manchmal war es in dem dämmerigen Zimmer, als ob das Feuer durch die grauen Haare des Mannes flöße und ein rieselndes Licht über seine verwitterten Züge ginge. War dem Jünglinge früher das inhaltlose Schweigen und die todte Gleichgültigkeit an dem Manne öde und bekümmernd gewesen, so war er nun durch diese Aufregung um so ergriffener. Der Alte hatte seinen langen Körper in dem Lehnstuhle aufgerichtet, und er zeigte fast tiefe Bewegung. Eine Weile antwortete der Jüngling nichts auf die Rede des Oheims, die er mehr ahnte, als verstand. Dann aber sagte er: „Ihr habt von Briefen geredet, Oheim; ich bekenne aufrichtig, daß es mich schon sehr unruhig macht, daß ich auf die mehreren Briefe, die ich nach Hause sandte, noch immer keine Antwort habe, obwohl Christoph schon mehr als zwanzigmal, seit ich hier bin, in der Hul und in Attmaning draußen gewesen ist."

„Ich wußte es wohl," antwortete der Oheim, „aber du kannst gar keine Antwort erhalten."

„Warum denn nicht?"

„Weil ich es so eingerichtet, und mit ihnen verabredet habe, daß sie dir, so lange du hier bist, nicht schreiben. Sie sind im Uebrigen, wenn du bekümmert sein solltest, alle wohl und gesund."

„Das ist nicht gut, Oheim, daß ihr das gethan habt," sagte Victor ergriffen, „die Worte, welche mir meine Ziehmutter in einem Briefe geschikt hätte, hätte ich sehr gerne empfangen."

„Siehst du, wie du das alte Weib liebst," sagte der Oheim, „ich habe es immer gedacht!"

„Wenn ihr jemanden liebtet, so würde euch wieder jemand lieben," antwortete Victor.

„Dich hätte ich geliebt," schrie der Greis heraus, daß Victor fast erzitterte. Es war einige Augenblike Stille.

„Und der alte Christoph liebt mich," fuhr er fort, „und vielleicht auch die alte Magd."

„Was schweigst du denn?" sagte er nach einiger Zeit zu dem Jünglinge – „wie sieht es denn mit der Gegenliebe aus? nun so rede einmal."

Victor schwieg und wußte kein einziges Wort heraus zu bringen.

„Siehst du," sagte der Greis wieder, „ich habe es ja gewußt. Sei nur ruhig, es ist alles gut, es ist schon gut. Du willst fort, und ich werde dir ein Schiff geben, daß du fort kannst. – So lange wirst du doch warten, bis der Regen vorüber ist?"

„So lange und noch länger, wenn ihr Ernstliches mit mir zu reden habt," sagte der Jüngling, „aber das werdet ihr doch erkennen müssen, daß keine bloße bittere Willkühr einen Menschen binden könne. Es ist doch seltsam, wenn man das geringste Wort dafür wählen soll, daß ihr mich Anfangs auf dieser Insel gefangen hieltet, auf die ihr mich zuvor gerufen habt, und auf die ich im Vertrauen kam, weil ihr es verlangtet, und weil der Vormund und die Mutter mir es ans Herz legten. Ferner ist es seltsam, daß ihr mich von den Briefen meiner Mutter abschneidet, und noch seltsamer ist es, was vielleicht vorher vorgefallen ist, vielleicht nicht."

„Du redest, wie du es verstehst," antwortete der Oheim, indem er den Jüngling lange ansah. „Dir mag manches herbe erscheinen, dessen Ziel und Ende du nicht begreifst. Es ist da nichts seltsames in dem, was ich that, sondern es ist klar und deutlich. Ich wollte dich sehen, weil du einmal mein Geld erbst, und ich wollte dich deßhalb lange sehen. Es hat mir niemand ein Kind geschenkt, weil alle Eltern die ihrigen selber behalten; wenn einer meiner Bekannten gestorben ist, bin ich irgend wo anders hin gezogen, und endlich kam ich auf diese Insel, deren Grund und Boden sammt dem Hause, das einmal das Gerichtshaus der Mönche gewesen ist, ich erworben habe, und wo ich Gras und Bäume wachsen lassen wollte, wie sie wuchsen, um unter ihnen herum zu wandeln. Ich wollte dich sehen. Ich wollte doch deine Augen, deine Haare, deine

Glieder, und wie du sonst bist, sehen, so wie man einen Sohn ansieht. – Ich mußte dich daher allein haben und fest halten. Wenn sie dir immer schreiben, so halten sie dich in derselben süßlichen Abhängigkeit, wie bisher. Ich mußte dich in die Sonne und in die Luft hervor reißen, sonst wirst du ein weiches Ding, wie dein Vater, und wirst, wie er, so nachhaltlos, daß du das verräthst, was du zu lieben meinest. Du bist wohl stärker geworden, als er, du stößest mit deinen Waffen wie ein junger Habicht zu; das ist schon recht, ich lobe es: aber du solltest doch dein Herz nicht an bebenden Weibern üben, sondern an Felsen – und ich wäre eher ein Fels, als etwas anders. Daß ich dich so fest gehalten habe, mußte sein; wer zuweilen nicht den Steinblok der Gewaltthat schleudern kann, der vermag auch nicht von Urgrund aus zu wirken und zu helfen. Du weisest bei Gelegenheit die Zähne, und hast doch ein gutes Herz. Das ist recht. Du wärest endlich doch mein Sohn geworden, es hätte dich hingerissen mich zu achten und zu lieben – und wenn du das gethan hättest, dann wären dir die andern zahm und klein gewesen, die auch an mir nie bis zum Innern dringen konnten. Aber ich erkannte, daß, bis du dahin kämest, eher hundert Jahre vergingen, und darum gehe, wohin du willst, es ist alles aus. – – Wie oft habe ich dich verlangt, daß sie dich senden sollen, ehe sie es thaten. Dein Vater hätte dich mir geben sollen – aber er hat gemeint, ich sei ein Raubthier, das dich zerrisse; ich hätte dich eher zu einem Adler gemacht, der die Welt in seinen Fängen hält, und sie auch, wenn es sein muß, in den Abgrund wirft. Allein er hat zuerst das Weib geliebt, dann hat er es verlassen, und war doch nicht stark genug, dasselbe auf immer von hinnen zu thun, sondern er dachte stets an dasselbe, und stekte dich, da er starb, unter die Flügel desselben, daß du fast eine Henne würdest, um Küchlein zu loken, und nur zu kreischen, wenn ein Pferdehuf eins zertritt. Schon diese wenigen Wochen bei mir bist du mehr geworden, da du gegen Gewalt und Druk ankämpfen mußtest, und du würdest immer mehr werden. Ich habe verlangt, daß du den Weg zu Fuße hieher machest, daß du die Luft, die Müdigkeit, die Selbstbezwingung ein wenig kennen lernest. Was ich nach dem Tode deines Vaters Hippoliths thun konnte, that ich, du wirst es gleich später hören. Ich ließ dich auch zu dem Zweke zu mir kommen, daß ich dir nebst

Andern, was du hier solltest, einen guten Rath gäbe, den dir weder der Federmann, dein Vormund, noch das Weib geben können, und den du dann beliebig befolgen kannst, oder nicht. Weil du vielleicht heute noch, gewiß aber morgen fort gehen willst, will ich dir den Rath sagen. Höre mich. Du hast also im Sinne in ein Amt zu treten, das sie dir verschafften, damit du dein Brod hast und versorgt bist?"

„Ja, Oheim."

„Siehst du, und ich habe dir schon einen Urlaub ausgewirkt. Wie nöthig mußt du also sein, und wie wichtig das Amt, das unausgefüllt auf dich warten kann. Einen Urlaub auf unbestimmte Zeit habe ich hier. Ich kann jeden Augenblik einen Abschied haben, sobald ich nur will. Das Amt bedarf also nicht deiner einzelnen bestimmten Fähigkeiten, ja es harrt schon einer, der nach deinem Austritte das Amt braucht. Du kannst auch jezt noch in der That gar nichts leisten, was wirklich des Antrittes eines Amtes werth wäre, da du kaum ein Jüngling geworden bist, und kaum erst ein Sandkorn von der Erde in die Hand bekommen hast, daß du es kennen lernest – und du kennst es noch nicht einmal. Wenn du also jezt einträtest, so könntest du höchstens etwas wirken, was niemand frommt, und was dir doch langsam das Leben aus dem Körper frißt. Ich wüßte dir etwas Anderes. Das Größte und Wichtigste, was du jezt zu thun hast, ist: heirathen mußt du."

Victor richtete sein klares Auge gegen ihn, und fragte: „Was?! „

„Heirathen mußt du – eben nicht auf der Stelle, aber jung mußt du heirathen. Ich werde dir das zeigen. Jeder ist um sein selbst willen da. Das sagen wohl nicht alle, aber sie handeln alle so. Und die es nicht sagen, deren Handlungen sind oft desto ungeschlachter selbstsüchtig. Das wissen die auch recht gut, die sich dem Amte widmen; denn das Amt ist ihnen der Aker, welcher Früchte geben soll. Jeder ist seiner selbst willen da; aber nicht jeder kann es machen, daß er da ist, und mancher strekt sein Leben für etwas dahin, das weniger ist, als sieben Pfennige. Der Mann, der zu deinem Schuze aufgestellt ist, meinte gut zu sorgen, wenn er bei Zeiten dein junges Blut einpferche, ganz allein dazu, damit du immer satt zu essen und zu trinken habest; das Weib in ihrer kleinen Gutherzigkeit darbte ein Sümmchen zusammen, ich weiß sogar genau, wie groß es ist, ein Sümmchen, wofür du dir auf einige Zeit Strümpfe anschaffen kannst. Sie hat es wohl gut gemeint, wohl am besten; denn sie ist in ihrem Willen vortrefflich. Aber was soll das alles? – – Jeder ist um sein selbst willen da, aber nur dann ist er da, wenn alle Kräfte, die ihm beschieden worden sind, in Arbeit und Thätigkeit gesezt werden – denn das ist Leben und Genuß – und wenn er daher dieses Leben ausschöpft bis zum Grunde. Und sobald er so stark ist, seinen Kräften allen, den großen und kleinen, nur allen, diesen Spielraum zu gewinnen, so ist er auch für andere am besten da, wie er nur immer da zu sein vermochte, wie es ja gar nicht anders sein kann, als daß wir auf die wirken, die rings um uns gegeben sind; denn Mitleid, Antheil, Hülfreichigkeit sind ja auch Kräfte, die ihre Thätigkeit verlangen. Ich sage dir sogar, daß die Hingabe seiner selbst für andere – selber in den Tod – wenn ich den Ausdruk gebrauchen darf, gerade nichts anders ist, als das stärkste Aufplazen der Blume des eigenen Lebens. Wer aber in seiner Armuth nur eine Lebenskraft einspannt, um nur eine einzige Forderung zu stillen, etwa gar die des Hungers, der ist für sich selber in einer einseitigen und kläglichen Verrükung, und er verdirbt die, die um ihn sind. – O Victor, kennst du das Leben? kennst du das Ding, das man Alter heißt?“

„Wie sollte ich, Oheim, da ich noch so jung bin?“

„Ja du kennst es nicht, und kannst es auch nicht kennen. Das Leben ist unermeßlich lange, so lange man noch jung ist. Man meint immer, noch recht viel vor sich zu haben, und erst einen kurzen Weg gegangen zu sein. Darum schiebt man auf, stellt dieses und jenes zur Seite, um es später vorzunehmen. Aber wenn man es vornehmen will, ist es zu spät, und man merkt, daß man alt ist. Darum ist das Leben ein unabsehbares Feld, wenn man es von vorne ansieht, und es ist kaum zwei Spannen lang, wenn man am Ende zurük schaut. Auf dem Felde zeitigen so manche andere Früchte, als man zu säen geglaubt hat. Es ist ein schillernd Ding, das so schön ist, daß man sich gerne hinein stürzt, und meint, es müsse ewig währen – – und das Alter ist ein Dämmerungsfalter, der recht unheimlich um unsere

Ohren weht. Darum möchte man die Hände ausstreken, um nicht fort zu müssen, weil man so viel versäumt hat. Wenn ein uralter Mann auf einem Hügel mannigfaltiger Thaten steht, was nüzt es ihm? Ich habe vieles und allerlei gethan, und habe nichts davon. Alles zerfällt im Augenblike, wenn man nicht ein Dasein erschaffen hat, das über dem Sarge noch fort dauert. Um wen bei seinem Alter Söhne, Enkel und Urenkel stehen, der wird oft tausend Jahre alt. Es ist ein vielfältig Leben derselben Art vorhanden, und wenn er fort ist, dauert das Leben doch noch immer als dasselbe, ja man merkt es nicht einmal, daß ein Theilchen dieses Lebens seitwärts ging, und nicht mehr kam. Mit meinem Tode fällt alles dahin, was ich als ich gewesen bin – – – –. Darum mußt du heirathen, Victor, und mußt sehr jung heirathen. Darum mußt du auch Luft und Raum haben, um alle deine Glieder rühren zu können. Dafür nun habe ich gesorgt, weil ich wußte, daß es alle jene nicht konnten, denen man dich anvertraut hat. Nach dem Tode deines Vaters nahm man mir die Macht, und ich habe doch besser gesorgt, als die andern. Ich habe mich daran gemacht, dein Gut zu retten, das sonst verloren war. Staune nicht, sondern höre mich lieber. Wozu soll dir auch das Sümmchen deiner Mutter, oder die ewige Versorgung deines Vormundes? Zu nichts, als daß du zerknikt und verkümmert würdest. Ich bin geizig gewesen, aber vernünftiger geizig, als mancher freigebig ist, der sein Geld weg wirft, und dann weder sich, noch andern helfen kann. Deinem Vater lieh ich bei Lebzeiten kleine Summen, wie Brüder sonst einander schenken, er gab mir Bescheinigungen darüber, die ich auf sein Besitzthum eintragen ließ. Da er nun todt war, und die andern Gläubiger, die ihn verlokt hatten, kamen, um das arme Nest zu plündern, da war ich schon da, und entriß es mit meinem Rechte ihnen und deinem Vormunde, der auch ein kleines Restchen für dich erstreiten wollte. Die Kurzsichtigen! – – Den Gläubigern gab ich nach und nach, was sie eingesezt hatten, sammt den Zinsen, aber nicht, was sie hatten erschinden wollen. Nun ist das Gut schuldenfrei, und der fünfzehnjährige Ertrag liegt für dich in der Bank. Morgen ehe du fort gehst, gebe ich dir die Papiere; denn da ich jezt das alles gesagt habe, ist es gut, daß du bald fort gehest. Ich habe den Christoph in die Hul geschikt, daß dich der Fischer, der dich gebracht hat, morgen an dem Landungsplaze wieder hole; denn Christoph hat keine Zeit, dich hinüber zu führen. Willst du morgen nicht fahren, sondern später, so können wir dem Fischer sein Fahrgeld geben, und ihn wieder leer zurück gehen lassen. – Ich meine, du sollst ein Landwirth sein, wie es auch die alten Römer gerne gewesen sind, die recht gut gewußt haben, wie man es anfangen soll, daß alle Kräfte recht und gleichmässig angeregt werden. – Aber du kannst übrigens thun, wie du willst. Genieße nach deiner Art, was du hast. Bist du weise, so ist es gut: bist du ein Thor, so kannst du im Alter dein Leben bereuen, wie ich das meinige bereut habe. Ich habe vieles gethan, was gut war, ich habe sehr vieles genossen, was das Leben hat, und mit Recht zum Genuße gibt – das war gut: aber ich habe vieles unterlassen, was die Reue und das Nachdenken erwekte, als beide vergebens waren. Denn das Leben flog, ehe es erhascht werden konnte. Du bist wahrscheinlich auch mein Erbe, und darum möchte ich, daß du besser thätest, als ich. Daher ist mein Rath – ich sage „Rath," nicht Bedingung; denn kein Mensch soll gebunden werden. – Reise jezt zwei bis drei Jahre, komme dann zurük, heirathe, behalte Anfangs den Verwalter, den ich dir auf das Gut gesezt habe; denn er wird dich gehörig anweisen. – Das ist meine Meinung, du aber thue, wie du willst."

Nach diesen Worten hatte der alte Mann zu reden aufgehört. Er legte sein Tellertuch, wie er es gewöhnlich that, zusammen, rollte es zu einer Walze, und schob es so in den silbernen Reif, den er zu diesem Zweke hatte. Dann stellte er die verschiedenen Flaschen in eine gewisse Ordnung zusammen, legte die Käse und Zukerbäkereien auf ihre Teller, und stürzte die gehörigen Glasgloken darauf. Von all den Sachen trug er aber nichts von dem Tische weg, wie er es sonst immer pflegte, sondern ließ sie stehen, und blieb davor sizen. Das Gewitter war indessen vorüber gegangen, es zog mit sanfteren Blizen und schwächerem Rollen jenseits der östlichen Gebirgszaken hinunter, die Sonne kämpfte sich wieder hervor, und füllte das Gemach allmählich mit lieblichem Feuer. Victor saß dem Oheime gegenüber, er war erschüttert und konnte kein Wort sagen.

Nach einer bedeutenden Weile fing der Greis, der immer so vor seinen Dingen da gesessen war, wieder zu reden an, und sagte: „Wenn du schon eine Vorneigung zu einer Frauenperson hast, so thut das bei dem Heirathen gar nichts, es ist nicht hinderlich, und fördert oft nicht, nimm sie nur: hast du aber keine solche Vorneigung, so ist es auch gleichgültig; denn derlei Dinge sind nicht beständig, sie kommen und vergehen, wie es eben ist, ohne daß man sie lokt, und ohne daß man sie vertreibt. Ich habe einmal eine solche Empfindung gehabt, du wirst es ohnehin wissen – und weil ich gerade davon rede, so werde ich dir das Bild zeigen, wie sie damals ausgesehen hat – ich habe sie selber malen lassen – – warte, vielleicht finde ich noch das Bild."

Bei diesen Worten stand der Greis auf, und suchte lange in seinen Laden herum, bald in diesem Zimmer, bald in einem andern, aber er konnte das Bild nicht finden. Endlich zog er es mit einer staubigen goldenen Kette aus einem Fache hervor. Er wischte das Glas des Bildes mit dem grauen Rokärmel ab, reichte es Victor, und sagte: „Siehst du!"

Dieser aber wurde eine Purpurflamme und rief: „Das ist Hanna, meine Schwester."

„Nein," sagte der Oheim, „das ist Ludmilla, ihre Mutter. Wie kannst du denn auf Hanna kommen? diese war noch lange nicht geboren, als das Bild gemalt wurde. Hat dir denn deine Ziehmutter nichts von mir erzählt?"

„Ja, sie hat von euch erzählt, daß ihr mein Oheim seid, und in großer Abgeschiedenheit auf der Insel eines entfernten Gebirgsseees lebet."

„Sie hält mich für den ärgsten Bösewicht."

„Nein, Oheim, das thut sie nicht. Sie hat noch von gar niemanden Böses gesagt, und wenn sie von euch redete, so sprach sie immer so, daß wir meinten, ihr seid sehr weit in der Welt herum gereist, seid alt geworden, und lebet nun sehr einsam und von der Welt getrennt, die ihr sonst gerne in allen ihren Theilen besucht habt."

„Und sonst sagte sie gar nichts von mir?"

„Nein, Oheim, gar nichts."

„Hm – – das ist schön von ihr. Ich hätte mir das schon wohl denken können. Wenn sie nur um ein Weniges stärker gewesen wäre, und den klaren Verstand, der ihr Antheil war, nur über ein größer Stük Welt hätte ausdehnen können – alles wäre anders geworden. Und daß ich dir dein Gütchen rauben wolle, davon sagte sie auch nichts?“

„Rauben sagte sie nie, sondern daß ihr das Recht darauf habt.“

„Das habe ich auch, aber ich bin schon in der Jugend sehr thätig gewesen, habe Handelschaft begonnen, habe meine Geschäfte ausgedehnt und mehr erworben, als mir je noth thut, so daß ich des kleinen Besizthumes schon gar nicht bedürftig bin.“

„Die Ziehmutter hat auch schon immer in der Zeit her darauf gedrungen, daß ich zu euch komme, als ihr es begehrtet, aber der Vormund hat es gehindert.“

„Siehst du!? – – Dein Vormund hat überall einen guten Willen, aber der Tisch, auf dem er schreibt, dekt ihm die Welt und das Meer, und alles zu. Er hat etwa gedacht, du vergessest, wenn du bei mir bist, einige Dinge, die du lerntest, und die dir für das ganze Leben hindurch unnüz sind. – Deine Ziehmutter habe ich einmal zu meiner Gattin machen wollen, wie du siehst; das wird sie dir also auch nicht gesagt haben?“

„Nein, sie nicht und der Vormund nicht.“

„Wir sind sehr jung gewesen, sie war eitel, und ich sagte einmal, daß ich ihr Bild wolle malen lassen. Sie willigte ein, und der Künstler, der mit mir von der Stadt kam, hat sie auf dieser länglichen Elfenbeinplatte gemalt. Ich behielt das Bild und ließ später den goldenen Reif darum und die goldene Kette daran machen. Ich war ihr darnach sehr zugeneigt, und erwies ihr viele Aufmerksamkeiten. Wenn ich von den Reisen, die ich machte, um meine Handelsfreunde kennen zu lernen, und um allerlei neue Geschäfte und Verbindungen anzuknüpfen, nach Hause kam, war ich sehr freundlich, und brachte ihr auch das eine und andere sehr schöne Geschenk mit. Sie aber gab mir meine Aufmerksamkeiten nicht zurük, sie war freundlich, aber nicht zugeneigt, ohne daß sie mir einen Grund sagte, und sie nahm meine Geschenke nicht an, ohne daß sie mir ebenfalls einen

Grund sagte. Als ich ihr endlich geradezu erklärte, ich würde sie ohne weiters zu meiner Gattin machen, wenn sie es nur jezt oder etwa späterhin so wolle, antwortete sie, das sei allerdings sehr ehrenvoll, aber sie könne die Neigung nicht empfinden, die ihr für eine lebenslängliche Verbindung nothwendig erscheine. Als ich nach einiger Zeit einmal zu dem Buchenbrünnlein im Hirschkar hinauf ging, sah ich sie auf dem breiten Steine sizen, der neben dem Brünnlein liegt. Ihr Tuch, das sie gerne an kühleren Tagen um die Schultern trug, hing an dem flachen Aste einer Buche, die etwas weiter zurük steht, und nicht hoch vom Boden diesen Ast gerade wie eine Stange zum Aufhängen ausstrekt. Ihr Hut war gleichfalls neben dem Tuche. Auf dem Steine aber saß bei ihr mein Bruder Hippolith, und sie hielten sich umschlungen. Es war dieser Ort schon lange der ihrer Zusammenkünfte gewesen, ich habe dies erst viel später erfahren. Anfangs wollte ich ihn ermorden, dann aber riß ich das Tuch, das mich wie ein Vorhang verbarg, herunter und schrie: „So wäre es ja am Ende besser, ihr thätet alles öffentlich, und heirathetet einander." – Von diesem Tage fing ich an, seine Liegenschaften zu ordnen, und sein Amt zu befördern, daß sie sich nehmen könnten. Als aber dein Vater auf einige Zeit fort mußte, um noch etwas höher zu steigen, als er dort einen väterlichen Freund, der in einer augenbliklichen Verlegenheit Amtsgelder verwendete, von Pflicht wegen anzeigen sollte, als man in der Stadt schon davon flüsterte, als der Alte sich tödten wollte, dein Vater noch in der Nacht hin lief, das Geld erlegte, zur Entkräftung jedes Gerüchtes die Tochter des Mannes, deine nachherige Mutter, zur Frau begehrte, und als die Verbindung wirklich vollzogen war: trat ich mit Hohn vor Ludmilla hin, und zeigte ihr, wie sie ihren Verstand und ihr Herz nicht verwenden konnte. – Sie zog mit ihrem späteren Gatten auf das Gütchen hinaus, wo sie nun lebt. – Aber das sind alte Geschichten, Victor, die sind schon lange, lange geschehen, und sind in Vergessenheit gerathen. „

Nach diesen Worten nahm er das Bild von dem Tische, wo er es, während er wieder in seinem Sessel gesessen war, liegen gelassen hatte, stand auf, umwikelte es mit der Kette, und stekte es in ein kleines Fach neben der Pfeifensammlung.

Das Gewitter war indessen völlig aus geworden, nur sammelten sich, wie es in dergleichen Fällen vorkommt, noch immer gelegentliche Nebel und Wolkentheile in dem Gebirgskessel, welche die Sonne, die ihre heißen Blike schon länger hervorgeschossen hatte, bald durchscheinen ließen, bald verhüllten.

Wenn der Oheim nach dem Essen einmal aufgestanden war, so sezte er sich nicht leicht wieder nieder. So geschah es auch jezt. Er nahm seine Flaschen von dem Tische, that sie in ihre Wandkästchen und sperrte zu. Eben so verfuhr er mit dem Käse und mit den Zukersachen, und goß zur Vorsicht den Hunden noch einmal frisches Wasser in ihren Trog.

Als er mit allem dem fertig war, trat er an das Fenster und schaute auf den Gartenplaz hinunter.

„Siehst du," sprach er zu Victor, „es ist genau so, wie ich dir neulich sagte. Der Sand ist beinahe troken und in einer Stunde wird man sehr bequem auf ihm herum gehen können. Es ist eine Eigenschaft des hiesigen Quarzbodens, der nur loker auf dem Felsengrunde aufliegt, daß er den Plazregen einschlukt, wie ein Sieb. Darum muß ich bei den Blumen immer so viel Humus nachführen lassen, und darum vergehen die Obstbäume der Mönche so gerne, während die Rüstern, die Eichen, die Buchen und die andern unserer Bergbäume so gedeihen, weil sie den Felsen suchen, dort Spalten treiben und in sie eindringen."

Victor ging ebenfalls zu dem Fenster hin, und schaute hinunter.

Als später die Haushälterin kam, und den Tisch abräumte,

und als Christoph, der von der Hul schon zurük war, die Hunde

hinaus führte, ging der Oheim durch die Tapetenthür in sein Gewehrzimmer.

Der Jüngling aber, der eigentlich nach dem Gewitter gerne im Freien in Weite und Breite herum geschweift wäre, ging jezt in seine Zimmer und starrte bei dem Fenster hinaus. – –

Nach einer Weile sah er den Oheim, wie er unten auf dem Gartenplaze Blumen an die Stäbe band.

Da er dann noch längere Zeit in dem einen Zimmer hin und her gegangen war, schritt er doch wieder bei der Thür hinaus, und ging in das Freie. Er ging über den Sandplaz, den der Oheim verlassen hatte, gegen das Seeufer zu, wo ein erhöhter Plaz des Felsensaumes war, der eine bedeutende Umsicht gewährte. Dort blieb er stehen und schaute in die Gegend hinaus. Es war unterdessen schon der Abend gekommen. Einige Berge lagen mit dunkeln Wolkenstüken in Umarmung, andere ragten wie glühende Kohlen aus den Trümmern, und Inseln blassen Himmels schillerten ungesehen über dem Haupte des Jünglings. Dieser schaute in das Bild so hinaus, bis nach und nach alles verglomm und erlosch, und nichts mehr als die dichte Finsterniß da war.

In derselben ging er an den schwarzen Geistern der Bäume vorbei, langsam und nachdenkend in das Haus.

Er hatte beschlossen, morgen doch die Insel zu verlassen.

Als die Zeit des Abendessens gekommen war, begab er sich aus seinem Gemache über den Gang ins Speisezimmer. Der Oheim saß schon an dem Tische und sofort wurde aufgetragen. Der Greis eröffnete dem Jünglinge, daß der alte Christoph von der Hul die Nachricht gebracht habe, daß der Fischer morgen mit Tagesanbruch an dem Landungsplaze harren werde, wo er Victor bei seiner Ankunft ausgesezt habe.

„Du kannst also," schloß der Oheim, „morgen nach dem Frühstüke fort fahren, wenn du es dir so vorgenommen hast; denn du bist vollkommen dein Herr, und kannst thun, wie es dir gefällt."

„Ich habe mir wohl in den Sinn genommen morgen fort zu reisen," entgegnete Victor, „aber ich lege es doch in eure Hand, Oheim, und werde thun, was ihr für gut haltet."

„Wenn es so ist," sagte der Oheim, „so halte ich, wie ich schon am Mittage sagte, für gut, daß du morgen gehest. Was die Zukunft bringen kann, das bringt sie, und wie du meinen Rath befolgen willst, so befolgst du ihn. Du bist in allen Stüken ohne Bande."

„Ich werde also morgen den Fischer auf dem Landungsplaze aufsuchen,“ entgegnete Victor.

Diese Worte waren die einzigen, welche die zwei Verwandten über ihre Verhältnisse während des Abendessens gesprochen haben. Ueber fremde Gegenstände redeten sie noch mehreres. Namentlich erzählte der Oheim, daß der alte Christoph schon vor dem Gewitter in die Hul hinaus gefahren sei, daß das Gewitter dort und besonders gegen den Ausfluß der Afel hin fürchterlich gewirthschaftet habe, es seien bei dem Bergsturze neue und zwar ungeheure Trümmer herabgefallen, und es habe das Wasser die Ufer in erschrekender Weise ausgestoßen.

„Und bei uns, da es über die Grisel ging,“ fuhr er fort, „war es so sanft und zahm, daß es mir die Blumen gut befeuchtete, und kaum einige von ihren Stäben herabgeschlagen hat. Christoph, der nach dem Gewitter herüber gefahren war, wunderte sich, daß er bei uns so wenig Verwüstungen antraf.“

Als das Abendmal vorüber war, wünschten sich die beiden Verwandten zum letzten Male gute Nacht und begaben sich zu Bette. Nur Victor pakte noch, und wie er dachte, dieses Mal gewiß mit Erfolg, sein Ränzchen, und richtete sich die Reisekleider auf einen Sessel.

Als der andere Morgen anbrach, kleidete er sich in diese Kleider, nahm seinen Reisestab in die Hand und hing das Ränzlein mit einem der Tragriemen an seinen Arm. Der Spiz, der das alles verstand, tanzte vor Freuden.

Das Frühstück wurde unter unbedeutenden Gesprächen verzehrt.

„Ich werde dich bis zu dem Gitter begleiten,“ sagte der Oheim, als Victor aufgestanden war, sein Ränzlein auf den Rüken genommen hatte, und Miene machte, sich zu beurlauben.

Der Greis war in ein Nebenzimmer gegangen, und mußte dort auf eine Feder gedrükt haben, oder sonst einer Vorrichtung zugegangen sein; denn Victor hörte in dem Augenblike das Rasseln des Gitters und sah durch das Fenster, wie dasselbe sich langsam öffnete.

„So,“ sagte der Oheim, indem er heraus ging, „es ist in Bereitschaft.“

Victor griff nun nach dem Stabe und sezte seinen Hut auf das Haupt. Der Greis ging mit ihm über die Treppe hinab und über den Gartenplaz bis zu dem Gitter. Beide sagten sie auf dem Wege kein Wort. An dem Thore blieb der Oheim stehen, zog ein Päkchen aus der Tasche und sagte: „Hier hast du die Papiere.“

Victor aber antwortete: „Erlaubt mir, Oheim, daß ich sie nicht annehme.“

„Was? nicht annehmen? was kömmt dir denn bei?“

„Erlaubt es mir, und thut meinen Gefühlen keine Gewalt an,“ sagte Victor, „lasset mir in diesem Dinge meine Weise, daß ihr seht, daß ich uneigennüzig bin.“

„Ich zwinge dich nicht,“ sagte der Greis, und schob seine Papiere wieder in die Tasche.

Victor sah ihn eine Weile an. Aus den hellen Augen drangen ihm die schimmernden Thränen – Zeugen eines tiefen Gefühles – dann bükte er sich plözlich nieder und küßte heftig die runzlige Hand.

Der alte Mann gab einen dumpfen unheimlichen Laut von sich – es war, wie Schluchzen – und stieß den Jüngling bei dem Gitter hinaus.

Man vernahm gleich darauf den rasselnden Laut und den Stoß, wie sich das Thor zumachte und in das Schloß fiel. Victor wendete sich um, und sah den Greis von rükwärts, wie er mit seinem grauen Roke angethan, seinem Hause zuschritt. Der Jüngling drükte sein Tuch gegen die Augen, die heftig strömten, und nicht enden wollten. Dann kehrte er sich gleichfalls wieder ab und begab sich auf den Weg, der ihn zu der Stelle führte, wo er zum ersten Male diese Insel betreten hatte. Er ging an der einen Seite in den Graben hinab, an der andern hinauf, er ging durch den Zwerggarten, durch das Wäldchen der großen Bäume und durch das Gestrüpp. Als er an dem Landungsplaze angekommen war, waren seine Augen zwar schon getroknet, aber noch sanft geröthet. Der Greis aus der Hul erwartete ihn schon hier, und auch das freundliche blauäugige

Mädchen stand in dem Hintertheile des Schiffes. Victor stieg mit dem Spize ein, und sezte sich nieder. Sofort wurde das Schiff zurük geschoben, wendete mit seinem Schnabel um, nach auswärts zu, und schwankte in die Wässer hinaus, während die Insel zurük trat.

Als man an die Spize des Orla gekommen war, war sie schon weit zurük, und ragte, wie einst, mit ihren grünen Bäumen aus dem Wasser heraus. Da das Schiffchen nun mit seinem Körper die Wendung machte, um den Grat des Orla herum, so dekte derselbe die Insel, und ließ sie, wie eine grüne Zunge hervor schauen, die, wie sie sich bei der Herreise verlängert hatte, sich nun hinter die Wände zurük zog. Zulezt, als sie sich der Hul näherten, waren wie damals, als Victor ankam, nur mehr die blauen Wände um das einsame Wasser, und der blaue Widerschein war in ihm.

In der Hul hielt sich Victor ein wenig auf, um mit dem alten Fischer etwas zu reden, und ihm den Fährlohn zu geben. An die Märchen aber, von denen bei der Hinfahrt die Rede gewesen war, dachte man nicht.

In der Hul hatte der Jüngling schon die Verwüstungen des gestrigen Gewitters an den Durchfurchungen des Bodens und an den Zerstörungen der Ufer gesehen. Bei dem Steinsturze aber lagen furchtbare Trümmer herunten, die sich bei dem Eindringen des Wassers gelöst hatten, und von der Höhe herabgefallen waren. Er ging von diesem Bilde der Zertrümmerung vorwärts gegen den Ausfluß der Afel, und von da durch den langen Waldweg empor.

An dem Halse blieb er stehen und schaute auf den See zurük. Die Grisel war kaum ein wenig zu sehen, aber die kahle dämmernde Wand, die er bei seiner ersten Hieherkunft so bewundert hatte, war der Orlaberg. Er schaute ihn jezt eine Zeit an, und dachte, hinter ihm ist die Insel, und auf derselben wird es jezt sein, wie so oft, wenn er von seinen Ausflügen zurük gekommen ist – von den wehenden Ahornen, von der rauschenden Brandung – daß nehmlich irgendwo die zwei einsamen Greise sizen, der Eine hier, der Andere dort, und daß keiner mit dem andern redet.

Nach zwei Stunden war er in Attmaning, und da er aus den dunkeln Bäumen gegen den Ort hinaus schritt, hörte er zufällig das Läuten der

Gloken desselben, und nie hat ihm ein Ton so süß gedäucht, als dieses Läuten, das so lieblich in seine Ohren fiel, weil er diesen Klang so lange nicht gehört hatte. Auf der Wirthsgasse waren Viehhändler mit den schönen braunen Thieren des Gebirges, die sie gegen das Flachland hinaustrieben, und in der Stube war alles voll Menschen, da eben Wochenmarkt war. Victor war es, als hätte er unterdessen lange geträumt und wäre jezt wieder in der Welt.

Nachdem er bei dem Wirthe, der ihm damals den Knaben mitgegeben hatte, sein Mahl verzehrt hatte, begab er sich diesmal nicht mit dem Knaben, sondern mit dem stattlichen Wirthswägelchen auf die Weiterreise, das mit ihm dem Laufe der Afel entlang in die offeneren Länder hinausrollte.

Als er wieder zu den Feldern der Menschen, zu ihren Fahrstraßen und ihrem lustigen Treiben hinaus gekommen war, als sich die Fläche mit sanften Hügeln geschmükt in unermeßliche Länge und Breite vor ihm ausdehnte, und die verlassenen Gebirge nur mehr, wie ein blauer Kranz, hinter ihm schwebten: ging ihm das Herz in dieser großen Umsicht aus einander, und eilte ihm weit, weit über jenen fernen kaum sichtbaren Strich des Gesichtskreises voraus, hinter dem die über alles geliebte Ziehmutter und ihre Tochter Hanna wohnen mußten.

## 6.Rückkehr

Nachdem Victor, weil ihm das Gehen bei Weitem lieblicher dünkte, das gemiethete Fuhrwerk verlassen, und sich für den Rest der Reise auf die gewöhnliche Wanderung begeben hatte, nachdem er auf dem langen Wege zur Mutter, den er darum eingeschlagen hatte, um auch sie die Verehrte und Geliebte um Rath zu fragen, was nun bei der neuen Gestalt der Dinge zunächst zu thun sei, viele Zeit zugebracht hatte: ging er nach so manchem Tage, an dem er durch Felder und Wälder, über Höhen und Niederungen mit seinem Spize gewandert war, wieder über die glänzenden Wiesen in das mütterliche Thal hinab, über die er vor so vielen Wochen mit seinen Freunden hinab gegangen war. Er ging über den ersten Steg, er ging über den zweiten, an dem großen Hollunder vorbei, und durch das alte kleine Gartenpförtchen hinein. Als er näher gegen das Haus gekommen war, sah er die Mutter auf der Gasse vor dem Apfelbaume in der reinen weißen Schürze stehen, die sie gewöhnlich an Vormittagen um hatte, wo sie in der Küche und in dem ganzen Wirthschaftskreise nachsehen mußte.

„Mutter," rief er, „da bringe ich euch den Spiz wieder, er ist gut versorgt und erhalten gewesen – und auch ich komme noch einmal, weil ich manches mit euch zu reden habe."

„Ach, Victor, du bist es," rief die alte Frau, „so sei gegrüßt, mein Sohn, sei tausendmal gegrüßt, du liebes Kind."

Mit diesen Worten ging sie ihm entgegen, schob das Käppchen, das er auf hatte, ein wenig zurük, streichelte mit der Hand über die Stirne und die Loken, nahm ihn mit der andern bei seiner Rechten, und küßte ihn auf die Stirne und auf die Wange.

Der Spiz, welcher von der Gartenpforte an gegen das Haus vorausgeschossen war, tanzte nun um die Mutter herum und bellte furchtbar.

Die Fenster und Thüren des Hauses standen, wie gewöhnlich an schönen Tagen, offen, daher lief auf diese Schalle, die sie hinein gehört hatte, Hanna aus dem Hause heraus, und blieb plözlich stehen, ohne ein Wort hervor bringen zu können.

„So grüßet euch, Kinder, grüßt euch nach der ersten Abwesenheit von einander, die ihr erlebt habt," sagte die Mutter.

Victor ging näher und sagte verschämt: „Gott grüße dich, liebe Hanna."

„Gott grüße dich, lieber Victor," antwortete sie, indem sie die dargereichte Hand annahm.

„Nun geht aber hinein Kinder," sagte die Mutter, „Victor muß seine Sachen ablegen, und muß sagen, was er bedarf, ob er etwa müde ist, und was wir ihm zu essen geben können."

Bei diesen Worten machte sie Anstalt hinein zu gehen, und die zwei Kinder, wie sie sie nannte, mit zu nehmen. Victor legte in dem großen Zimmer an dem Tische, den er nicht so bald wieder zu sehen gehofft hatte, sein Ränzlein ab, lehnte den Reisestab in einen Winkel, und sezte sich auf einen Stuhl nieder. Die Mutter sezte sich in dem großen Lehnsessel neben ihn.

Der Spiz, gleichsam weil er so wichtig geworden war und zu den Angekommenen gehörte, ging mit hinein; aber als man zu reden und sich zu erzählen angefangen hatte, ging er wieder hinaus, und weil er recht gut eingesehen hatte, daß nun alle Gefahr, von seinem Freunde Victor getrennt zu werden, verschwunden war, sah man ihn später in seiner Hütte unter dem Apfelbaume liegen, und die Müdigkeit, die er sich auf all diesen durchgemachten Wegen gesammelt hatte, behaglich verschlafen.

Als die Mutter, da sie bei dem Tische saßen, in Victor gedrungen war, daß er sage, ob er Hunger habe, ob er sonst irgend etwas bedürfe, daß er thun solle, was er wolle, um sich zu erholen – als er geantwortet hatte, daß er nichts bedürfe, daß er nicht müde sei, daß er spät das Morgenmal genossen habe, und daher schon bis zu der gewöhnlichen Mittagsstunde warten könne – als sie endlich hinaus gegangen war, um für ein hinlänglicheres und besseres Mal Anstalten zu treffen: kam sie wieder herein, sezte sich zu ihm und begann über seine Angelegenheiten zu reden.

„Victor," sagte sie, „als du mehrere Tage fort warst, kam ein Brief von dem Oheime, in welchem er verlangte, daß wir die ganze Zeit, die du bei ihm sein wirst, nicht an dich schreiben sollen. Ich dachte, daß er einen Grund zu dieser Forderung haben müsse, daß er vielleicht etwas Nüzliches mit dir vorhabe, und willigte ein. Du wirst dich recht gekränkt haben, da du keine Silbe, keinen Gruß, und kein freundliches Wort von uns vernommen hast."

„Mutter, der Oheim ist ein herrlicher vortrefflicher Mann," fiel Victor ein.

„Es ist gestern wieder ein Brief und allerlei Schriften von ihm an den Vormund gekommen," sagte die Mutter, „der Vormund ist zu uns heraus gefahren, und hat uns den Brief vorgelesen. Der Oheim meinte, daß du schon bei uns sein müssest, und verlangte, daß man dir den Brief mittheile. Nun du wirst schon erfahren, was er enthält. – Ja er ist ein vortrefflicher Mann, niemand kann das besser wissen, als ich; darum habe ich auch immer darauf gedrungen, daß man dich zu ihm gehen lasse, wie er es verlangte, bis der Vormund einwilligte. Aber, mein Victor, er hat auch eine rauhe und harte Seite, darum hat er es nie machen können, daß ihn jemand liebe. Mir fiel manchesmal bei ihm der Spruch der heiligen Bücher ein, wo einmal die göttliche Gestalt erscheinen sollte: sie war nicht in dem Rollen des Donners, sie war nicht in dem Brausen des Sturmes; aber in dem Säuseln des Lüftchens war sie, das längs des Baches hinab durch die fruchtbaren Büsche ging. Ich habe einmal, da wir noch alle jung waren, gar nicht gewußt, daß ich ihn hochachten müsse. Ich werde dir einstens, wenn du älter geworden bist, etwas von uns erzählen."

„Mutter, er hat es mir selber erzählt," sagte Victor.

„Er hat es dir erzählt, Kind?" erwiederte die alte Frau, „dann ist er dir geneigter gewesen, als ich dachte."

„Er hat mir die Thatsache nur in kurzen Worten gesagt."

„Ich werde sie dir einmal in längeren erzählen, dann wirst du sehen, welche kummervollen traurigen Tage über mich gegangen sind, bis alles so freundlich und herbstlich mit mir geworden ist, wie es ist. Dann wirst du auch einsehen, warum ich dich so sehr liebe, du mein armer lieber Victor!"

Mit diesen Worten that sie nach Art des Alters ihren Arm um sein Haupt, zog es etwas näher und legte ihre Wangen an seine Loken, als wäre sie tief gerührt.

Als sie sich wieder gefaßt und zurük geneigt hatte, sagte sie: „Victor, in dem Briefe ist gestanden, was er in der lezten Zeit mit dir geredet hat, und was er für dich gethan hat."

Hanna ging, als die Mutter diese Worte sagte, schnell aus dem Zimmer hinaus.

„Er hat die Papiere," fuhr die Mutter fort, „welche dir das Eigenthum des Gutes übergeben, an den Vormund geschikt, du sollst es mit Freude und Dankbarkeit annehmen."

„Es ist schwer, Mutter, es ist so seltsam – –"

„Der Vormund sagt, daß du alles genau so erfüllen sollest, wie es der Oheim begehrt. Du brauchst jezt gar nicht mehr in dein Amt zu treten, in das er dich hat bringen wollen; denn diese Wendung der Dinge hat niemand vorher sehen können, und es steht dir ein herrliches Leben bevor."

„Wird aber Hanna wollen?" sagte Victor.

„Wer spricht denn von Hanna?" antwortete die Mutter mit vor Freude glänzenden Augen.

Victor aber konnte vor glühender Verwirrung nichts sagen, er saß da, als müßten ihm vor Schamroth die Wangen zerspringen.

„Sie wird schon wollen," sagte die Mutter wieder, „laß es nur gut sein, Kind, es wird alles zum Besten ausfallen. Jezt werden wir an deiner Ausrüstung zu der großen Reise arbeiten. Du bist jezt dein eigener Herr, der Mittel hat – da muß alles anders werden, und auch wegen der Reise müssen die Sachen nach anderer Art hergerichtet werden. Es wird dies schon meine Sorge sein. Jezt aber muß ich auch für das Mittagessen sorgen, sieh dir indessen das Haus an, ob sich nichts verändert hat, oder thue, was dir gefällt – die Speisestunde wird ohnehin bald heran rüken."

Mit diesen Worten erhob sie sich und ging in die Küche.

Als das Mittagmal bereitet und aufgetragen war, sassen die drei wieder bei dem Tische, wie sie jezt lange nicht bei einander gesessen waren.

Nachmittag ging Victor in die Gegend hinaus und besuchte alle Pläze, die ihm einst lieb und bekannt gewesen waren: Hanna aber lief in dem Hause herum und that alles verkehrt.

Als er Abends nach dem Essen schlafen gehen wollte und die Mutter mit der Kerze in der Hand mit ihm ging, führte sie ihn in seine alte Stube, und da sie eintraten, sah er, daß sie gar nicht verändert worden war, wie er es sich doch so lebhaft bei seiner Abreise vorgespiegelt hatte. Sogar der Koffer und die Kisten standen da, wie er sie eingepakt hatte.

„Siehst du," sagte die Mutter, „wir haben alles stehen gelassen, weil der Oheim schrieb, daß wir nichts fort schiken sollen, indem es noch ungewiß ist, wie sich dein Schiksal gestalten werde. – Und nun, gute Nacht, Victor."

„Gute Nacht, Mutter."

Und er sah, da sie fort war, durch sein Fenster wieder auf die dunkeln Büsche nieder und auf das rieselnde Wasser, in welchem sich die Sternlein spiegelten. Und als er schon im Bette lag, hörte er noch das Rieseln der Wässer, wie er es so viele Abende seiner Kindheit und seiner Jünglingszeit gehört hatte.

## 7. Beschluß

Wenn wir zu dem in den obigen Abschnitten dargestellten Jünglingsbilde noch etwas hinzufügen dürfen, so kann es Folgendes sein.

Nachdem die Ausrüstung fertig war, welche die Mutter für Victors Reise ins Werk zu sezen hatte, und nachdem man über alles, was in der Zukunft für das Wohl des jungen Mannes ersprießlich sein könnte, im Reinen war, ereignete sich im tiefen Herbste desselben Jahres wieder ein Abschied – aber derselbe war kein so trauriger, wie der erste, da er nicht so zu sagen für das ganze Leben, sondern nur für eine kleine Zeit nothwendiger Abwesenheit galt, auf welche kleine Zeit dann eine lange, schöne, glükselige folgen sollte.

Daß Hanna recht gerne eine sehr nahe Theilnehmerin jener glüklichen Zeit werden wollte, zeigten ihre feurigen, heftigen Küsse, mit denen sie die Lippen Victors bedekte, als sie einen einsamen Abschied von einander nahmen, als er sie heftig und schmerzlich an sich drükte und von ihr nicht lassen zu können vermeinte. Die zwei Ziehgeschwister weinten bei diesem glükverheißenden Abschiede so sehr, als ob er der trennendste und zerreißendste gewesen wäre, und lange nicht, oder vielleicht nie mehr eine Wiedervereinigung hoffen ließe.

Die Mutter Ludmilla aber ging in stiller Freudigkeit herum, sie gesegnete den Sohn beim Abschiede, und dachte immer, wie sie es denn durch das wenige Gute, das sie in ihrem Leben stets mehr ausführen gewollt, als gekonnt hatte, verdient habe, daß sie nun Gott in ihrem Alter so sehr belohne, ach so sehr, so sehr belohne.

Als er fort war, begann das stille, einfache Leben in dem Thale und in dem Hause wieder, wie es bisher immer geführt worden war. Die Mutter that in Unschuld die Geschäfte des Hauses, besorgte alles auf das Beste, erwies Gutes, wo sie es konnte, und ließ eine Fülle häuslicher Habe und Bequemlichkeit für eine nahe Zeit ausrüsten und arbeiten: Hanna war eine ergebene Tochter, die nur immer den Willen der Mutter that, und in innerer Bewegung und Erregung wartete, was die Zukunft bringen werde.

Als vier Jahre herum waren, und die Briefe aus fremden Ländern, die alle dieselben lieben und bekannten Schriftzüge trugen, zu einem sehr großen Stoße angewachsen waren, kam der Briefschreiber selber, und die Briefe hörten auf. Victor kam so verändert zurük, daß selber die Ziehmutter staunte und überrascht wurde; denn aus dem fast kindischen Jünglinge war in der kurzen Zeit ein Mann geworden. Aber nur sein Verstand und sein Geist hatten sich heraus gebildet, das gute Herz, das sie in ihn gelegt, war unausrottbar geblieben, es war eben so kindlich und unversehrt, wie sie es ihm in der zarten Kindheit gegeben und dann weiter gepflegt hatte; denn ihr Herz vermochte sie ihm zu geben; was aber der starke Mann braucht, und was das harte Leben von ihm heischt, nicht. Hanna sah an Victor keine Veränderung; denn sie hielt ihn von Kindheit auf für gewandter und tüchtiger als sich; daß sie aber eine gute, einfache, große Seele habe, welche unbeugsam das Gute thut wie das Wasser abwärts fließt, das wußte sie nicht, und das sezte sie als ein Gemeingut bei allen Menschen voraus.

Nicht sehr lange Zeit nach seiner Zurükkunft stand Victor mit Hanna zur ewigen Verbindung an dem Altare – zwei Wesen, deren Antlize die Abbilder von zwei anderen waren, die einmal auch gerne vor demselben Altare gestanden wären, aber durch Unglük und Verschuldung auseinander gerissen worden waren, und dann lebenslänglich bereuten.

Alle Freunde, die einst jenen Spaziergang zur Feier von Ferdinands Geburtstag mitgemacht hatten, waren bei diesem Feste Victors und Hannas zugegen. Dann war auch noch der Vormund und seine Gattin, dann Rosina, jezt selber schon eine junge Frau, dann Rosinas und Hannas Gespielinnen und noch andere Menschen.

Nach Vollendung der Festlichkeiten führte Victor Hanna mit Triumph auf sein Gut. Die Mutter ging nicht mit; sie sagte, sie werde schon noch sehen, wie sich alles fügen werde.

Der Oheim war troz der Bitten Victors, der selber bei ihm gewesen war, nicht zu der Vermählung seines Neffen gekommen. Er saß ganz einsam auf seiner Insel; denn wie er einmal selber gesagt hatte, es war alles, alles zu spät, und was versäumt war, war nicht nachzuholen.

Wenn man von dem Manne das Gleichniß des unfruchtbaren Feigenbaumes anwenden wollte, so dürfte man vielleicht die Worte sagen: „Der gütige, milde und große Gärtner wirft ihn nicht in das Feuer, sondern er sieht an jedem Frühlinge in das früchtelose Laub, und läßt es jeden Frühling grünen, bis einmal auch die Blätter immer weniger sind, und zulezt nur die dürren Aeste empor ragen. Dann wird der Baum aus dem Garten weggethan, und seine Stelle weiters verwendet. Die übrigen Gewächse aber blühen und gedeihen fort, und keines kann sagen, daß es aus seinen Körnern entsproßen ist und die süßen Früchte tragen wird, wie er.“ Dann scheint immer und immer die Sonne wieder, der blaue Himmel lächelt aus einem Jahrtausend in das andere, die Erde kleidet sich in ihr altes Grün, und die Geschlechter steigen an der langen Kette bis zu dem jüngsten Kinde nieder: aber er ist aus allen denselben ausgetilgt, weil sein Dasein kein Bild geprägt hat, seine Sprossen nicht mit hinunter gehen in dem Strome der Zeit. – Wenn er aber auch noch andere Spuren gegründet hat, so erlöschen diese, wie jedes Irdische erlischt – und wenn in dem Ocean der Tage endlich alles, alles untergeht, selbst das Größte und das Freudigste, so geht er eher unter, weil an ihm schon alles im Sinken begriffen ist, während er noch athmet, und während er noch lebt.